文芸社セレクション

野ねずみシグ、そしてクリスマス

さくら 蓮 ふわり

SAKURA REN FUWARI

JN126696

文芸社

目次

第一章

野ねずみシグ

うん？　寝ている間に雪が降ったのか～。

巣穴から上半身を乗り出して野ねずみのシグは、もうこれ以上首が回らない所迄辺りを見回し、危険がないか確かめた。

腹が減った、食べ物のある所まで走るとするか～。

数メートル走っただろうか‼?

雪の結晶が一枚二枚擦れたような音と共に上空から戦慄する恐怖が襲いかかって来た。

あらん限りの力を振り絞り、後ろ足で雪を蹴り、上半身は飛び降りる方へくの字に曲げたが、何者かに空中で叩き落とされ押さえ付けられてしまった。


狐だ!?

一貫の終わりが頭をよぎるが運がいい、尻尾だ、尻尾を押さえ付けられているだけだ、と思った瞬間、内臓が飛び出す程に臭い息が顔を覆い尽くす。

シグは回転した、月が綺麗だ、星もあんなに綺麗だったんだな。

俺は何やってんだよ、諦めるな、なんとかなるなんとか。

シグは回転しながら必死に抵抗した、抵抗しているうちに狐の鼻に噛みつけた、占めたと咄嗟に感じた。

近くに穴があった筈だ、そこまで、そこまでなんとか辿りつきたい、血走った狐の目が不気味に笑っている。


くっそ〜。


二度三度回転したその瞬間シグはスポッと穴に落ちた、シグは死に物狂いで身体を捻り必死に走り、行き止まりが目に入らず土壁に嫌という程鼻をぶつけて、初めて我に返り助かったのだと実感した。

心臓が破裂寸前である。何も考えられない、生きている事がこんなにも嬉しいなんて知らなかった。

俺は生き長らえた、それだけでこれから生きていけると思った。

無音の音がする、時折、空気の凍る音色が聞こえ、夜明けが近づいている事を知らせてくれる。

落ち着くと無性に腹が減っていた、奴はもう何処か遠くに行ったに違いない、シグは鼻先を恐る恐る少しだけ外に出してまず周りの匂いを嗅いだ。

雪の香りだけだが用心に越した事はない、先程の事もある、何度も外をうかがい上半身を乗り出して念入りに確かめた。

今度こそ大丈夫だろう、食べなければこの寒さでは死んでしまう、全身を危険アンテナにして走り出した。

雪が茂みを塞いでいる、まだ夜が明け切っていない、上空の危険はない筈だが、あっ、フクロウとミミズクもいたな、シグはいつもより神経を尖らせ笹の根元へと身体を捻じ込んだ。

もう一度辺りをうかがう。

美味しい木の皮の所迄は茂みがない、雪の中を進むと方向が分からなくなる、暫く聞き耳を立てた。

空は徐々に明るくなってきている、なんの気配もしない、シグは出せる限りの力を振り絞り、また、雪を掻き分け走り出した。

草木がない雪原に少し曲がりながらの一本の線がついた。

なんとか目的地にたどり着いた、さ～て～と～、と思いながら木の根元迄行くと、何処からかどんぐりの香りがして来た。

いい匂いだ～思わず深く息を吸い込み久し振りにご馳走にありつける、シグはどんぐりの香りがする方へ雪を掘った。

リスが隠していたどんぐりだろう。

そんな事どうでもいい、あれは香ばしいと思うと、雪を掘る事も手が雪の冷たさにもげそうでも苦にはならなかった。

おー、あるある。

目指すどんぐりに辿り着いたシグは手当たり次第に食べ急いだ。

木の実なんて久し振りときているし、胃もペッタンコになっていたものだから6個程たいらげたあたりで、もう口に入れたどんぐりを飲み込めない事に気づいた、そしてもうこれ以上入らない事にも驚いた。

ああ~うまかった~。

満腹になったシグは眠くなった。

そそくさと枯れ葉が沢山ある所へと潜り込み、あっという間に眠ってしまった。

雪原の朝は風もなく凍てつく空気に青空さえさえわたり、わずかな食べ物を探して小鳥達が目を皿の様にして枝から枝へ飛び移り、訳の分からない言葉で叫び、何かをまくしたてている。

太陽はこれでも駄目ですか？　という様に暖かい陽射しを地上にまき散らしてはいるが、凍てつく地上に跳ね返されてしまっていた。

シグは目覚めた、ムクリと起き上がった瞬間大きなゲップが出てしまった。

一瞬、硬直して辺りに聞き耳をたてたが物音ひとつしない、ほっと胸を撫で下ろし心臓が動きだした。

少し動くだけでどんぐりの実がコロコロある、食べ物が沢山ある季節迄食べて行ける、あちこち身を危険にさらして探し回らなくてもいいのではないかと思った。

それから太陽は幾度もいないいないばあ～を繰り返し、月とにらめっこをしながら月と交代したある夜の事、野ねずみシグは暖かい雪の下でドングリを持ったまま息を飲み込んだ。

シグは聞き耳を立てた。

何かが近づいている、無数の足音がする、雪を掘る音、雪の下の枯草がめくれる音、音は乱れ速度は増したり消えたりする、間に合わせの安眠場所、夜を幾度も乗り越えたどんぐりの地は、危険という戦慄に震え出した。

動いては駄目だ、だが危険の正体を確認しなければならない。

思いあぐねている内に音はシグの真上迄来てしまった。

動くな、ジッとしてろ。

シグは研ぎ澄まされた感覚に従った。

目の前に足がボスッと突然落ちて来た、続けて二本目、タヌキの足だ、無造作にあっち掘ったりこっち掘ったりしている。

どんぐりを探しているのか？　子供もいる!!　遊んでいるのか？　子供は予測が付かない、一番厄介だ、タヌキの腹の下で視界が一気に開けた、偶然にもまだ気づかれていない様だが分からない。

このままではどちらにしても危険だ、一か八か、シグはタヌキの後方へ走り抜けようとしたが、親の後ろの子供に見つかってしまい、走り抜けようとした先へジャンプをされて塞がれてしまった。

前足の間をすり抜け斜めに身体を捻り、一メートル程飛び雪の中に潜り込んだ、そこから斜めに音のない方へ進んだ。

くっそー、雪の上は見つかる、雪の中は音がする。

まだ不案内などんぐりの地に穴など見つけていない。

奴は動かない、こちらの音に耳を立てて聞いているのだろう。

焦るな、動くと奴の思う壺だ、来るか!?　自分の鼓動がうるさい、奴に聞こえてしまう。

雪の中に入った瞬間、走ったのが良かった、咄嗟に身体が動いていた、考えてなどいられない、あれやこれやと考えていると危険の餌食にされてそれでおしまいだ。

シグは待った。途方もなく長い。

雪に身体の熱が奪われて行く、動け、動くなと何処かで囁く。

近づいて来る足音が乱れて身体につたわって来た。

足音に紛れて野ねずみのシグは足音のない方へ猛突進した、次の瞬間シグは背中から押し潰されてしまった。グエッ、内臓が口から出そうになる、呼吸が出来ない、それでもシグは諦めなかった。

手は動いた、その手で顔に付いた雪を払い除け辺りを見回した。

逃げる方向は？　首を回そうとしたその時、突然シグの身体は自由になり、タヌキの親子は何事もなかったかの様に遠ざかって行くのが見えた。

タヌキの子供は遊んでいただけだろうが、小さな身体の捕食される側のシグにとっては、殺されるが全身を覆い尽くし生きている事さえ忘れていた。

シグはすかさず立ち上がり思い出したかの様に一つ大きな息を吐き出し、そして冷たい空気を飲み込んだ、すかさず辺りを素早く見回した。

わずかに安心したシグは何故か木の天辺がどうしても気になり見上げ、またしても油断していた自分を呪った。

黒い塊がある、あれは鳥だ、恐ろしい夜の鳥と思ったが全く動く気配がない、明るくなければ飛べない鳥と分かりようやく安心した。

あれからなんの危険も出現せずに、シグを包む世界は穏やかに春を迎えようとしていた。

一度だけリスと鉢合わせしたが、それ以来全く気配さえしなかった。

遠くまで食べ物を探しに行かなくても良い冬を過ごしたシグは、少し走るのが遅くなった様な……？　と思ったが気にもしなかった。

雪に埋もれていた笹や草の茂みがあらわになり、食べ尽くした感じのあるどんぐりは、殆ど探せなくなった。

地面の下を雪解け水がポコポコと流れている。

野ねずみのシグは笹に上り遠く迄見渡した。

○野ねずみの生態・分布
野ねずみの生態と分布ははっきりと分かっていないらしい。

北海道においても同じらしいが種類は、アカネズミ・エゾヤチネズミ・ヒメネズミがいるらしい。

森林に多大な被害がありネズミの駆除に頭を抱えていると記述されていた。

野ねずみシグはこの三種類のいずれかであり、万が一捕まえたとしても判別は付かないだろう。


何気なく見上げた空は、真っ白な雲が無数に浮かび、風がない穏やかさを象徴していた。

溶けきっていない雪が茂みに張り付き、その下に雪どけ水が溜まり、細心の注意をしなければ無数の危険に捕まってしまう。

シグは流れる水を除け、安全と思われる茂みから茂みへ走り込む。

気温が下がり始めている、どの位進んで来たのかなんてもう分からない。

慣れ親しんだ地へ戻りたくても、もう戻れない所迄来てしまっていた。

濡れた茂みの中で立ち上がり、冷たい手で笹の茎に捕まり身体を持ち上げ、笹やぶの中で少し休む事にした。二本目の笹の茎に右手を伸ばした、言い知れぬ嫌な気配に身体の芯が固まった、その瞬間振り返る事さえ押し潰された。
鋭い何かが脇腹に刺さって首の辺りの皮が上に引っ張られ、笹やぶがふわりと眼下に見える。

しまった!! やられたー!! 気が緩んでいた。どうする!

シグの足は空気をかき混ぜるだけだった。
次の瞬間、シグは濡れた地面に何かと共に叩きつけられた、記憶はそこで止まってしまった。

とてつもない寒さと全身の痛さで、野ねずみシグはぼんやりと目を覚ました。
ガタガタ震えが止まらないが背中のあたりが暖かい、この揺れ方はうっとりする。

あっ えっ!!

俺は死んだのか？　それならこれはどうなっているのだ？　地面が下に見えて……交互に足が見える。

身体の痛さも、とてつもない寒さも一瞬で消えた。

顔を持ち上げ見た物はデカイ牙とフサフサの毛と狐の目。

シグはあまりの恐怖から泣き叫び、この恐ろしさから逃れる為に力の限り身体を捻り足をバタつかせたが、無常にも空を切るだけだった。

血反吐を吐こうが泣き喚こうが諦めるな。

諦めるな、諦めるな、諦めてどうする、此処まで来たではないか、野ねずみシグよ。捕食される生き物としてお前は暖かい母の胎内から、生きなければならぬ世界に生まれ落ちた時から生きるは始まっている。

知恵を絞れ、食べ物のある地へ行け、たとえ空を見上げる事がないとしても、知恵を絞り危険と対峙して戦え。

春、夏、秋、冬それぞれの風はお前を包み、太陽の日差しは全てに恵みを与えてくれている。

そんな事等しらなくても良い、生きようとして生きている訳ではないのは百も承知している。

諦めるな、お前の進む道の果てが光輝く所などとは言わぬ、命尽きるその瞬間まで見つめている、知らないかもしれない、お前の知らぬ所で奇跡は微笑み、お前にも奇跡は降り注いでいるのだよ。

顔を上げろ、前を見ろ、諦めるな。


シグは諦める事をしなかった。

兎に角身体を捻り、なんとしてでもこの状況から逃れる為に、狐の鼻に噛みつこうとして渾身の力を振り絞った。

記憶の彼方から突然、弾き出されたように浮き上がってきた昔の話を思い出してしまった。

それは誰だったのかさえ分からない、生きたまま子猫の前に放り出された俺の仲間、後ろには母猫が監視していたと聞いた記憶、そんな惨劇から逃げのびた話を思い出してしまった。

俺もその道にはまってしまったのか!!　嫌だ、絶対に嫌だ、そんな思いするならいっそのこと、此処で一気に噛み殺せ、シグは叫んだ。

シグはひたすら泣き叫び、ひたすらこの状況から逃れようと暴れたが、一向に良い風は吹いては来なかった。

首を持ち上げられなくなった、その時には茂みに隠された狐の巣穴の入り口が見え出していた。

シグは目をむき動きが悪くなった身体を持ち上げ抵抗したが、もう既に狐の巣穴の中に連れ込まれてしまっていた。

シグは涙も出なかった。

どんぐりの地がクルクル頭の中を巡っている。

フワッと暖かい狐の巣穴、不思議な感覚だ、諦めと共にシグの気持ちは落ち着き覚悟が……穏やかに流れるせせらぎのような風が吹いて来た。

下に降ろされたシグは狐の前足でしっかり押さえつけられ、動こうとしても動けない、狐の顔が近づいて来る、鼻先が目の前にある、もう直ぐ口を開け牙が見えるのだろうな。

シグはその光景をスローモーションで見ていた。

シグは静かに瞼を閉じた。

首に狐の鼻が当たる、呼吸する事になんの意味があるのだろうか。

狐の鼻は首から頭の方へ移動して来るが何も起きない地獄の様な長い静寂。

俺をいたぶって楽しんでいるのか⁉　狐なら狐らしく一気に俺を飲み込め、早く殺れよ！

シグは腹がたちカッと怒り狐を睨みつけた。

……そこにあったのは優しく暖かい狐の瞳だった。


シグは理解出来なかった。何が起きたと言うのだろう⁉

すると狐はシグを転がし傷のある部分を舐め始めた。

シグは唖然となすがままとなり、もしかしたら逃げられるのではないかと思ったが身体に力が入らない悔しさを噛み締め、虚ろに辺りを見回す事しか出来なかった。


朝もやの中、奴は何かをくわえて戻って来た。

奴ではない彼女はお乳がパンパンに張っていた、俺はそれを飲みお陰でノロノロとしか走れなくなってしまった。

彼女はいつまで経っても大きくならない俺を、自分の子供と思っているのだろうかといつも考える。

眠る時は彼女の首の辺りに潜り込み、たまに移動する時はくわえられて、殆ど危険とは縁のない世界を経験しながら、シグはどうも最近眠くて仕方がなかった。

あの凍える寒さから草木は芽吹き花が咲き、食べ物に窮する事もなくなり木の実が熟し始めた。

彼女の口にくわえられていたのは二匹のネズミだ、仲間だ、それも慣れてしまったが、どうも複雑極まりない。

奴……嫌、彼女は俺をネズミと認識している筈だと思う。

食べたいと思わないのだろうか？　俺は狐の餌……食べ物だよな。

くわえていた物を俺の目の前に落とす、一緒にくわえられていたのはまだ熟していない葡萄、シグは立ち上がり彼女の顔につかまり頬ずりした。

嬉しいありがとうと身体を使って示した、生きる事を諦めたあの時から何時もの習慣になった。

頬ずりしていると幸せな気持ちになった。


俺は熟していない葡萄を美味しそうに食べた、実は舌鼓みを打つような味ではない、彼女は俺に背中を見せて食べ終わると寝そべった。

眠くて仕方がない、彼女の首の所に潜ろうとした時、彼女は俺の匂いを隈なく嗅ぎだした。

いつもはそんな事などしないのにと不思議に思いながら、彼女の鼻先でコロコロ好きにさせた。

気持ちがいい、眠い、眠い、どうしょうもないので直ぐさま、目の前の茂みに入り寝る事にした。

クルクルン寝床を作り丸くなり彼女を見ると目が合った。

暫くすると目が覚めた、彼女は俺が眠る前と同じくこちらに顔を向けて目を閉じている、眠っていない事が伝わって来る。

少し体勢を変えてまた眠る、目覚めると周りは暗闇に包まれていた。

彼女は同じ態勢、俺が目覚めた事に気づき目を開けている。

ノロノロと起き上がり、彼女のフサフサの顔と首の間に潜り込み、また目を閉じる。

シグは夢を見た、狐だった、傍らには彼女が並んで走っている、見た事もない草原とても美しい草原、俺は狐になりたかったのだろうか？　笑って眠りに入って行くのがわかった。

不思議な感覚、起きたら彼女に何時もの挨拶、嬉しい、ありがとうと頬ずりしなければ、ありがとうってね。

おわり

第二章

石と川と虹

結構昔の話である。

空には雲はない、太陽は天辺に辿り着いていない、流れる川に行って石を投げ入れた。ぽちゃん、小さな石は小さな可愛い虹を作った。

そして直ぐ記憶の彼方へ沈みこんで行ってしまう、すかさず腕に抱えた大小様々な石を投げ入れた。

冷たい秋の風が川上から、音もなく身体を包み込んだかと思うと、通り過ぎて行く。

風の行先を見つめたまま、大きな虹を見たくて仕方がない。

私は河原を歩き回り、大きな持てない石は諦めた（笑）。足元にこんもりと石の小さな山が出来たが、息切れするから積んだ石の上に腰かけ休む事にした。

川の対岸を見つめた。

三途の川、地獄で石を積む、地獄絵図を思い出した、私は今石を積んだ、あらまあ〜。

行って帰って来たと聞いた事もある、見たという人は向こう岸で知っている人が手を振っていたとか、耳をヒクヒク動かせて……耳が動物の様に動いていたのかは分からないけど、興味津々で目をキラキラさせて聞いていた子供の頃、川面は光の宝庫キラキラが乱舞している。

さあ〜て……と、一人ニンマリ川面にボチャン虹が一つ、ボチャン大きな虹が又一つ、綺麗〜綺麗だわ〜、何個投げ入れただろうか？　流石に腕が疲れて来た。

でも最後に虹の乱舞、もう肩で息をしているけど楽しいわ。

一つの石の重さは大体15キロ以内だろうと推測、40個程の虹を我が身体と腕が作り出した。

疲労困憊である、次の日はしこたま後悔してしまった。

筋肉痛で階段の一段目の激痛、物を持つ時の背中、兎に角全身が痛かった（笑）。

あれから一度も虹を作ろうなんて思わなくなった、綺麗で痛い思い出は長い月日を飛び越えて色鮮やかに刻まれている。

（2022．1．20）

凍死寸前

北の地は12月から4月中旬位、ほぼ半年は雪に支配され、私の心は春を待ち続け、寒いだの、滑るだの、アスファルトの道はスタットレスタイヤが減るわと文句を言いながら。

それでも冬でなければ出会えない自然の奇跡に心細めて、今日も終わった、始まったのねと、繰り返しを満喫?? している。

人は心折れそうな事しばしば（笑）結構あります、ほんの小さな事でも揺れ動き、時として楽な道を選ぼうとする。

【弱りきった人間は自分に都合のいい事を考えてしまう】

この言葉はある登山家の著書に記されていた。

除雪で辛い時、人との関わり合い、趣味の畑、炎天下での雑草取りの時とか、些細な事で心がポキポキ折れて辞めようか？　と思う。

危険な時はなんの躊躇もなく作業を中止する。

色んな苦しい時に私はこの言葉を心の中で唱える様に繰り返す。

子供だった日々、小中学と片道6キロ、往復12キロの砂利道を歩いて学校に9年間通った。

冬が特に辛いを通り越して、仙人の様に心を無にしてですかね～、峠が二つもあった。

何度も凍死寸前を経験した、あの時々、良く私は諦めずに吹雪の中を歩いたものだと、今になって自分を褒めたい。

凍死寸前はポカポカと身体が火照り、熱いお風呂から出た様になる。

次には眠たくて、眠たくて……尋常ではない睡魔が襲って来る。

足元から広がる降り積もった雪は、純白のフッカフッカのお布団の様に暖かく見えて仕方がなかった。

このまま歩くのをあきらめて、あの雪のお布団の中に横になれたらどれほど気持ちが良い事だろう。

あの雪の中に入りたい、そして眠りたい、その事だけが脳みそを支配する。

ようするに、凍死は暖かく幸せで気づかずに眠り逝くのである。

此処で眠ってはいけないと気付いても、それを払い除けられない魅力的な睡魔が存在して、諦めという気持ちに気づかない振りをする自分が居るのだろう。


凍死寸前迄の道のり——

バスは走っていた。

だが学校への行き帰りには時間が合わない、加えて様々な要因が重なり（地域が違うからスクールバスは出せない）等があり、片道6キロ、往復12キロを子供の足なので2時間半をかけて歩いた。

現在の様な防寒対策はなかった、長靴に毛糸の靴下位だったと振り返る。

長靴をストーブで温め履くと、これから歩かなければならない道のりの事など吹っ飛んでしまった。

雪道を5分程歩くと雪の冷たさが靴を冷やし、足は繰り返される雪の冷たさで凍傷になってしまっていた。

紫色に腫れあがり、温まると足を切り落としたくなる程の痒みが襲って来る、辛かった～としか言えない。

朝から吹雪はルンルン・ニカ～学校休み。

だが、授業のお昼ごろからの吹雪が結構あった、9年間では相当あったと思う、数えきれないかも～（笑）。

歩き出して1時間位で寒さがピークになる、幾ら手をポケットに入れようが、寒さで指が全く動かなくなり、物を掴めなくなる。

あの時カイロという物が発明されていたならば、天国でしたね～。

一歩進んで30センチ家に近付いた、二歩で60センチ近くなった、暫くそうやって数えて、後ろを振り返った。

こんなに歩いて来たんだ、辿り着く暖かい家を思うと余計辛く、今の状況を呪ってしまう。

だから、30センチ近づいた、60センチ近づいたと数えた。

そしてここ迄歩いて来た、又数える。

両親に言われていた、眠くなっても絶対に眠るな！

意味等分からずに私はその言葉に従った、今振り返ると両親も経験者だったのだろうと振り返る。

生と死の間はとても長い様に感じるけど、紙一重、思うから辛い、行く先を見つめるから辛くて泣いてしまう。

辛くても泣いてもいい、歩き続ける、何も考えてはならない、考えると良からぬ雑念が心を惑わす、這ってでもいい、動き続ければ……水だわ（笑）。水は留まると腐り果てて異臭を漂わせる、強い意志があれば８８４９メートルのエベレストも登れるわ。

う〜ん、登れないですね。


（２０２２．１．24）

唄う雪

寒い寒いと靴の下の雪が唄う、寒すぎて空を見あげて星の数など数えられない。

顔を動かさずに瞳キョロキョロ、足元キョロキョロ、凍っているとツルリンと滑って偉い目にあう、確認しながら一歩二歩、雪が唄うキュッキュッキュッ、方向を変えるとキュウッ〜キュウ〜ッ、歩き続けて雪の唄聞いていたい。

だけど、身体が寒すぎる〜と抵抗激しく、暖かい場所に潜り込み全身安心してだらしない顔になりたい。

パーン。

子供の頃、子守唄に凍裂のパーン、パーン、ふくろうの声とは分からずに、ホウホウの声に怯えていた、現在よりもっと寒かった普通に氷点下30度超えの冬。

遊びたい私はパーンを聞きながら、買って貰ったスキーを履いて滑りたくて仕方がない心抱きしめて凍裂の子守歌。


風の子、風の子、子供は冬の子、雪の中に埋まっても寒かった記憶がない。

両親が寒かろうと手袋履きなさいと向こうで叫んでいる、帽子は何処に置いて来たのと怒られた。


探しても見つからない帽子、トボトボ母の前に行き。

「探したけどない」

「何処探したの？　もう一度探して来なさい」

ない物はないのよ～、なかったんだから～とブツブツ心が文句を言っていた記憶が、靴の下の雪の唄で思い出した。

帽子は見つからなかった、春になり雪が解けて赤い帽子がベチャベチャに変わり果てた姿で……あった。

スキーを履いて転んだ時に、頭から勢いよくスッポーンと飛んで行ったのね～。

「帽子あった～」

あった事が嬉しくて、見つけた帽子握り締めて母に見せた。

「……」

母の言葉は覚えていない。

洗って被るかい？　とかなんとか言われたのだろうと振り返る。

フカフカの新雪の中にダイビングが楽しかった、降ったばかりの新雪に朝の太陽のキラキラが好きだった、私だけの足跡が雪の上につく、野うさぎの足跡を辿って何処まで行くのやらと歩いて首迄雪の中、ジタバタハーハーヒーヒー、命の危険を小さいながらにも経験して、このまま帰らなかったら怒るのかな？　なんて思った事が蘇って来た。

足の裏でキュッキュッ雪の唄、今日の朝は暗闇の中を野うさぎの白い身体が柔軟なバネの様に飛び跳ねて道を横切って行った。

うさぎの足の下でも雪が唄うのだろうか？


（2023．1．28）

散文

風が泣く、風が鳴く、ここぞと言わんばかりに風が飛んでいく。

濁った曇り空、そこかしこで絡まり不揃いの団子の様、ボコボコ凹凸が出来ている。

小枝に雀、羽が風で持ち上げられ、枝が揺れてもカッと瞳見開き、警戒緩めず飛び去る。

濁った曇り空に薄く太陽の光僅かにこがね色。


（2022．1．29）

逃亡

牧野のピチピチのお嬢様方が、逃亡している真っ最中の現場に遭遇してしまった。此処は各酪農家さん達のお嬢様達（雌の若牛2歳に少し早い）が一同に集められて、秋終わり迄放牧され、一回り大きくなって帰って行く。

柵が壊れている～、50頭以上はいるけどあっちにもこっちにもテンデンバラバラ、ああ～大変なのですが、何処にお知らせするのか分かりません、写メして車に乗った。

車道側の柵はしっかり閉められているから大丈夫だと思う。

次の日、この牧野の前を通りかかると、柵は頑丈になりお嬢様方も入っていたので安心した。

思い出――

戦いは半年程、人間不信の実家の牛達、側に近付くだけで警戒半端ない、目にも止まらぬ速さで後ろ足が飛んで来る。

馬は後ろにだけ蹴るが牛の足は360度に近いと思う、グルンと回る、縦横無尽に4本足全部使うから驚いてしまう、実家の牛達だけなのだろうか？

それを除ける私も凄いガハハハハー。


「クッソー逃げられた〜」

三回目、完全に舐められている、今回の発情を逃したら絶対にマズイ、馬鹿にされたままである。

20丁部（1丁部100メートル×100メートルの20倍＝2000メートル×2000メートル）の牧草地を追いかけた、手には黒いエスロンパイプ1．5メートル程、直径5センチを握りしめて……急勾配が続いている三角地点だから傾斜が45度もある場所がワンサカ。

近づくと矢張り4本足には叶わない、軽々と逃げられる。

真夏の炎天下、私の顔は太陽の熱で燃え出す程に真っ赤になり、滴る汗と心臓は今にも破裂寸前、膨れたと思えば急激に縮んだりを繰り返している。

疲労困憊2時間半は追いかけたと思う、奴も流石にバテバテな様子、素直に牛舎に戻り無事に人工受精出来た。

名前は耳標番号77番、ナナちゃん。

それから私は牛達の親分となり、手を右へ指図すると右に曲がり、左へと言うと左へ、止まれも覚えて放牧地で寝ている背中にオッちゃんこも出来るようになった。

ガハハハハー、私は勝った〜。

20丁部２０００メートル×２０００メートルの戦いでした。

負けるとは自分に負けるのである（笑）、名言でした。


（２０２２．１．29）

氷点下20度が後ろに

6時20分夜明けが早くなりにけり、後5分程で空は桃色になるだろうが、そんな物など待ってなどいられるか。

流氷が接岸すると寒さは勢いづき、ホラホラ寒いぞ〜寒いぞ〜と叫びまくっているようだわ。

脱兎の如く自宅に戻り灯油ストーブ全開でだらしない顔になりたい（笑）。

でもね～♪（ニコッ）ライトに照らされた雪道は、キラキラ光るダイヤモンドの粒子が敷き詰められ形容出来ない美しさ、路肩にある木々の枝にも氷の粒が張り付き、キャ～キャ～（心の声）綺麗だわ、綺麗だわ、ひとしきり心と瞳から脳味噌に伝達し続けて2時間半、プハ～ッ、キラキラダイヤモンドの粒子の世界。

握るハンドルに雪のきしみが伝わる、ギュッギュッとね、ルームミラーで車の後方見れば、後ろタイヤで雪が巻き上げられ何も見えない。

まっ、いいか～。今朝はあまりの寒さに、この世界で動いているのは私だけ？　みたいに静まり返っている。

とんでもなく寒いと、鹿も野鼠も活動しないものなのね～。

（2022．1．30）

お犬さま

放し飼いの白い小型犬、あるお家の前に鎮座しているので、随分と長い間そのお家のお犬さまと思い込んでいた。

ある時素性を知って、ゆっくり驚いてしまった。

奥のお家のお爺さんのお犬さまで、時折離れて来ているとの事。

私の車を見つけると、あらん限りに尻尾を振り、優しい顔は満面の笑みをたたえている様に思い込んでしまう程。

ついつい撫でてしまうと、コロッとお腹を見せて喜ぶ。

嗚呼〜キャワイィ〜♡　ハートマークが飛び交ってしまう。

ある日、朝刊をポストへ投函、踵を返した瞬間私はお犬さまが気になり振り返った。

ハートマーク♡はドクロマークに変貌してしまった。

はるばる遠方より来た友人を満面の笑みで迎え歓迎される、帰りの挨拶は？　こちらも満面の笑みで見送ってくれる筈……心の何処かにそんな情景を思い浮かべていたのは、身勝手な事なのだが……。

そう、帰り際玄関の扉を顔の正面で勢い良くピシャリと閉められたような哀しさが襲って来た。

このお犬さま、もう撫でて貰えぬと分かった瞬間、踵を返して他所の玄関の方を向いて鎮座していたのである。

別に見送って欲しい訳ではないが、ちょっと～その変わり身は寂しいよ、と言いたい。

ハンドルを握りながら、心は濃霧の中を彷徨っている感じがする。

そんな、忘れられない情景は末永く留まっている。

（2022．2．2）

ベートーヴェン第九

太陽の頭が見え出した6時39分、ベートーヴェンの第九が高らかに奏でられ始めた。5分程でマジックアワー、ウイリアムテル序曲が跳ね回り始め、山の稜線は朱色になり、空の中央へ向けてグラデーションは朱が混じった薄桃色に、そして、水色になって行く。

5時、空の中央はブラックホール、まばらに星がパタパタ輝いていて、漆黒の闇をランタン片手にさまよい歩く、ランタンの闇を思う。

「しばれる」。北海道弁、とてつもなく寒く凍りつく⁇ 当てはまる言葉を知らない。薄っすら3センチ程積もった雪に車のライトが当たり、雪の結晶がしばれれば、しばれる程キラキラ眩く、腕利きのカメラマンでさえ、写し出せないだろう世界にいる事に、心が喜々として喜ぶ。

月夜にはベートーヴェンの月光、水に映る月が風が吹く、朝はショパン……キャハハハーだったかしら、別れの曲か、モーツァルトがイイ。

私の着信音は伊福部昭のゴジラ。

まだコロナウイルス等知らない頃、200人程のお通夜の席、線香が匂いたちお坊様のお経が終盤に差し掛かり、嗚呼、もう直ぐ終わるわ、と、思っていたその時、高らかに伊福部昭のゴジラが鳴り出した。

それも最高音量で。マナーモード忘れていた、お坊様のお経は一瞬止まり、ソチコチで押し殺した笑い声が聞こえて来る。

脱兎の如く外に飛び出しスマホをマナーモードにするがもう遅すぎる。

スマホ眺めて後ろを見やり、このまま帰るわけには行かない、お通夜の席にはどんな事をしても、もどりたくない……けど……戻らない訳にはいかない。

今でも思い出す、穴があったら入って、絶対に出て行きたくない思い出。

（2022．2．4）

阪神とタイガース？

友にスポーツしか見ない方がいる、オリンピックはその方にとってお祭り、夜中迄見ていたので今日は眠いとラインが入る。

面白いドラマやエトセトラ共有できない寂しさカナ（笑）。

私はというとスポーツは殆ど見ない興味がない、ルールが分からない、運動嫌い、小学生の時顔面にバレーボールがガッツリ食い込み飛んで来る物を直視出来なくなった、今もである。

社会生活において、飛んで来る物を受け止める事が、絶対に必要に迫る事がある。

「この鍵受け取って～」

「は～い、いいよ～」

イヤー、受け取る自信がなーい、そんな事言えなーい、ドキドキ……足元に落ちる、言い訳を考える。

「鍵が変化球した～」

――それ位取れよ……という目に見える……卑屈さかな（笑）。

次いでに歌、音楽、運動、カラオケ!! とんでもない、そんな所行く筈ないだろう、だが歌上手い人、スポーツ上手い人、ダンス上手い人を羨望の眼差しで遠くから見つめてしまう。

だが打つのは得意である、30センチの定規で武蔵の如く蠅を打ち落していた、手に武器を持つと私は強い。

蠅の飛び方はＵＦＯと全く同じ飛び方をする、鋭角に飛びホバーリング、そこから予想もしない方へ鋭角に飛ぶ、それを予想して定規を振り落とす、パシッと音がして一網打尽。

ある時テレビを見ていた、見る物がなく野球中継巨人と阪神戦、違うチャンネルでは巨人とタイガース戦……巨人は凄いチームなのね～。

だって〜、一日に2チームと戦っている、そう言えば昔『巨人の星』というアニメもあったのを思い出し、納得してうんうんと頷いていた。

暫くして会社でその事を話し爆笑の渦、初めて阪神タイガースという一つのチームなのだという事を知った。

（2022．2．17）

面白いワンちゃん

ワンワン、一定の間隔を開けてワンワン、停車する前から、車の音を聞いてからなのかは定かではないけど……ワンワン、私が居る間吠え続ける。

放し飼いなのだが綺麗な柴犬……かしら？　手入れされてピカピカ毛艶がいい。

瞳を見ると、あちらの方を向きながら吠えている。

最初はドキドキ、でも2メートル以内には近づいて来ない、何度かナデナデしたい〜と思い近づいた、きっちり2メートル程の間隔を開けてワンワン吠えながら後ずさりする。

「誰かきたよー、知らない人来たよー」

お仕事出来た知らせなければ、という感じなのである。

触るのを諦めて車に乗り込み、右良し左良し確認して走り出す、後ろで未だワンワンが聞こえ、そしてワンワンが遠ざかる。

犬の嫌いなお人ならば、いい迷惑なのでしょうね、あれだけ吠えられたら流石に引いてしまうかも知れない。

行っても吠え声がしない事があると（笑）、クルクル探してしまう、なんとも寂しい。

そして思い巡らす。

何か不都合があり売られてしまったのかしらと妄想しまくる。

そしてある暑い夏の朝、車を停車すると遠くから例の吠え声が聞こえて来た、辺りを見回してもいない?? ハテ? 何処から聞こえるのかクルクル見回し!!! 見つけた～。

嘘だ～。エーッ、エッ、エーと、驚き桃の木何とか～～ピッ忘れた。

こんもりと積まれた豆の殻の上に、お腹を上にして前足バンザイ、後ろ足だらしなく伸びきって、顔も伸びきって、こちらなど全く見ていない、ズボラな怠惰な奴め、だらしなく伸びきって〜！　それでも一定間隔で吠え続けてワンワン、私が一日中立っていたならば、きっとあのワンちゃん声が出なくなるのだろうか？

出来るなら実験したくて仕方がない私であった。

そして風の噂では矢張り苦情が出たらしく50メートル程離れた所に繋がれてしまったらしい。

そして先日車を停めると、あの懐かしい吠え声が目の前に、なんかね、嬉しかったわ、それも二匹に増えてワンワンコーラスなのよ。

（2022．3．2）

のろまな朝日にぷんぷん

雲を染めて、山を染めて、空を染めて太陽が!!　全然登って来な〜い！　戻っている？　意地悪しているんだわ。

イヤ～ン、もしかして道草をして遊んでいるのかしらね～、太陽さんがフラフラ行ったり来たりすると、星さん達は目をむいて危ない危ないと右往左往、火傷する星さんもいるわね。

黒い翼が空を切って雪原に降りるのかと見つめていると向かって来る、車をかすめて漆黒の翼を激しく羽ばたかせて一気に空の中へ飛び去って行った。

私の車は玩具ではないからね～遊ばないで欲しいわ（笑）。

「わしは旅に出たくて仕方がない、旅に出てもいいかのう～？」

地球さん火星さん金星さんも、太陽さんの声は聞こえない振りをしております。

「太陽さん無理よ、とんでもない事なのよ、旅に出るなんて絶対に駄目に決まっているでしょ」

月は顔を半分だけ出して太陽さんを睨みつけました。

「月よ……そんなに怒らんでくれよ、ただ言ってみただけなんだがな～」

「そうなの？　それなら安心だわ」

「見えるか？　月よ」

「何がよ」

「遠くで眩しく光ってそして消えて行く、すると又違う遠くの所で又光っては消えて行く、なんだと思う？　不思議とは思わんか？　行ってみたいと思わんか？　どうなっとるんじゃろうな、ワクワクして来るじゃろ」

「ワクワクなんかしないわ、此処でゆっくりうつらうつらしている方が楽しいわよ」

「月は～夢がないのぅ～」

「失礼な事言わないで、夢なんかいっぱい見ているわ、地球さ～ん何とか言ってやってよ、旅に出たいなんてとんでもない事言っているわよ」

「えっ、う～～ん」

「なぁ～に地球さん、う～んとは何よ、太陽さんの言う事聞いていたんでしょ、なんとか言ってやってよ、太陽さんが旅に出てしまったら私達カッチカッチに凍って、つるんつるんの氷の玉になってしまうのよ、分かってんの!?」

「う～ん、太陽さんの言う事も分かる部分がある様な～」

「エーッ地球さんは太陽さんの気持ちが分かる気がするの!?　信じられないわ」

「オー、地球よ、ワシの気持ちを分かってくれるのか、嬉しいな～」

「あっ、分かる気がするだけと言っただけですよ太陽さん」

「金星さん火星さんもなんとか太陽さんに言ってやってよ、地球さんがのらりくらり太陽さんの言う事が分かるなんて言っているのよ」

月はイライラした様に周りの皆に言いました。

「太陽さんが直ぐ帰って来るなら問題ないと思うよ」と金星がモソモソと真っ赤になりながら太い声で言ってしまいました。

「えーー金星さんも太陽さんの言う事が分かるって言うの!!　あああ～もう知らないどうなっても知らないわよ、好きにすればいいわ」

そう言うと月はプィッと怒ってしまい顔を隠してしまいました。

「月よごめんよ、そんなに怒らないでくれよ」

太陽は月の機嫌を取り戻そうとしましたが、月はうんともすんとも言わず動かなくなってしまいました。

「地球さんと金星さんの言う事も分かるし月さんの言う事ももっともだと僕は思うよ、太陽さんのワクワクも分かるし、難しいな～」

今まで黙って聞いていた火星と水星、木星が空間を振動させて独り言の様に言いました。

「おおーおおー、わしの気持ちを分かってくれるか、嬉しいのう〜」

太陽はそう言うと背中を大きく膨らませてボンボンと爆発させ始めました。

これには金地火木土天海冥王星、皆が驚いてしまいましたがもう太陽の勢いは止まりません。

あれよあれよと言う暇もなく太陽はスッポ〜ンと飛び出してしまいました。


「キャーッ」「ワーッ」「ヴォー」「ギヤーッ」

至る所で悲鳴と叫び声が飛び交っています。

太陽さんだけでなく、周りの皆も太陽さんに合わせて飛び始めたからたまったものではありません。

太陽の真後ろの金星は、太陽の爆発の火の粉でお腹がボコボコ煮えたぎっているではありませんか!! 木星は逆さまになり気絶しているし、月も地球とぶつかりそうになり慌てて口を大きく開けてありったけの月の風を地球に吹きかけています、水星と太陽だけが移り変わる景色をうっとり眺めています。

どの位飛んで来たのか分からなくなった頃、太陽は、

「オオ～、凄いの～綺麗じゃの～。ワシは少し疲れたらしい、眠くなってしまった」

と言ったかと思うと大きないびきをたてて眠ってしまいました。

「金星さ～ん大丈夫ですか～」と地球が心配して叫びました。

「なんとか持ちこたえたみたいね、でも、身体から沢山煙が出ているけど少し休むと元に戻る……かしら？　私達も一緒に飛んでしまうのね～びっくりし過ぎて何も考えられないわ、私も疲れたから眠るわね」

「月さん機嫌が直ってよかった、僕も驚いて斜めを直さないと」

地球はそう言うと元に戻らないうちに眠ってしまいました。


太陽・金星・月・地球・水星・木星・土星・天王星・海王星は随分位置がずれてしまっていましたが、皆は旅の疲れで眠ってしまいました。

旅に出たい太陽さんのおかげで、夜空を見上げた私は見た事もない星々を眺めてしまいビックリ仰天、腰を抜かして驚く事でしょうね。

（２０２３．３．３）

おむすびコロリン

落とし物がコロコロ転がり、おむすびコロリンと、お話は発展して行く。

手から何かを落としてしまった遠い記憶、パン屋さんで働いていた頃のお話。

手から何かを落とした、パン生地をこねる大きなステンレスの機械は磨かれてキラキラ、ステンレスの厚みと頑丈さを主張している。

手から何かを落としてしまいすかさず落ちた瞬間忍者の如く、しゃがんで落ちた物を拾おうとした。ガンッ、鈍い音がした。星が三つ見えた。う〜っ、息が止まった、痛すぎる、身体が動かない、頭蓋骨良く持ちこたえてくれた、誰も居ない工場で唸りながらうずくまっていた。

左眉毛の上に小さく丸いコブが出来た、打撲ね、その後何もなく脳みそは正常に働いている。

それから20年後、あばら骨折で病院を受診した時、病院の先生は真っ先にオデコに突進して来た、痛かったでしょうと言った。
話すとアバラが痛いので、うんうんと頷いた。

オデコじゃな～い。

だからいつも前髪はお菊人形、風は意地悪オデコのコブをいつも見ようと前髪持ち上げて通り過ぎて行く。
たまに大きな声でガラガラ風の笑い声が聞こえる。
最近コブの成長が見受けられて来た、病院に行きたくない私は鏡を見ながら目を反らし、思案の泉を泳ぎ回る。

（2022．3．25）

仙人の衣替え

春めきよろめき霧で何も見えぬ。

バッチャン、バッチャン泥の水溜まり突き進めば、タイヤハウスの辺りから全部、私の車は何色なんですか!?

霧で見えぬ前方、タイムスリップしたかの様に突如対向車のライトがふたつ襲って来る気がする。

昨日丸ごと私の上のお空さんは、瞼閉じて泣き崩れていた。

春を知らせるのに遠い地からようやく辿り着いて、そんなにも嬉しかったのか？

両手広げて私のありったけの心で抱きしめてあげる。

我が身支度では厚すぎるか？　春物買わなければ、と、思い悩むうちに半袖になり夏が来て秋になる事繰り返して、うん（笑）ウン十年、春も秋もさほど変わらぬ衣着て、私は仙人の端くれになれるかな？（笑）

仙人は暑い夏もビュウビュウ風荒れ狂う冬も、薄い衣の胸を顕わにしているんだろうか？

あれでは見ている方が凍えて氷の柱になってしまいかねない。

昨日の雨で雪が汚くなった、柳の花が随分膨らみ可愛さをアピールしているわね〜と見つめれば、キャッキャッ〜シマエナガが3羽、車の周りをクルクル、2回程回り、けたたましく何かをさえずりながら飛び去って行った。

シマエナガ仙人参上に嬉しさ天辺迄登った。


（2022．3．27）

蝿

車に乗り込もうとしたその時、小さな黒い物が飛び込んで来て勢い良く車内を飛び回っている。

ハエ、蝿だわー、外に出そうと悪戦苦闘するが、寒い外には出たくないらしく蝿は運良く姿をくらまして、私は心の中で舌打ち、仕方がない蝿を一匹同乗させて発進させた。

そして蝿の映画が浮き上がって来た。

古い所では『ハエ男の恐怖』、1958年の古典ホラー映画、テレビで何度も見た記憶が蘇る、そして『ザ・フライ』、1986年の作品、ジェフ・ゴールドブラム主演の蝿男のリメイク版、単純に面白かった。

この映画で驚きを持って納得というか、新しい発見と知識を得た思いがした。

それはハエのお食事の仕方である、ハエの味覚へ移行して行く過程で、食べ物を溶かして主人公が食べて行くシーンは気持ちが悪く、反面新しい知識となった。

ハエは物を溶かして食べるのね～。

それからというもの、ハエを見る度に溶かして食べるのね～（笑）。

何千回も映画を振り返り、ハエを見つめる日々が続いている。
そして今朝も車内に！　車のドアの風圧で一匹のハエのご入場となり、またもや『ザ・フライ』の蠅男を思い出し溶かして食べるのね～と、走りながらハエに思いを馳せてしまった。

朝4時半の東の空の始まりは、だいだい色の朝焼け、すっかり周りの風景が見渡せる安心感は、季節の巡りに喜びを持って体感する様になった。
まだ空気は冷たいが、呼吸すると肺が切れる程の冷たさ寒さではない事が嬉しい、中に着ている衣服も薄い物にした、雪がなくなって路肩の枯草色が目に嬉しい。

（2022．3．28）

道

ゴトン、ゴトン、アスファルトの継ぎ目が年々深くなり、ゴトンがグワドンッと車が軋む、木々を倒し、山を削り沢山のお金がつぎ込まれ、隈なく道は家々を結び、街を結び、空を飛び人々を繋ぐ。

あるお人の願望は自由に空を飛びたいとか、空を飛ぶ夢を見た話を聞く。

何故か空を飛びたいとは一度も思わなかった、１８０度の空を見上げながら、空を飛びたい人の心を想像するが、やはり分からないのが本音である。


道がある、何処まで行くのだろうといつも思う、殆ど知っている、左折して右折を繰り返し辿り着く先は知っている。

道には沢山の木の枝の様に伸びている脇道がある、そんな道を行きたい、進んでも大概は畑か牧草地、誰かさんのお家の前に出る事は明白明らかなので行動しない。

それでも道があると進んで行きたい衝動に駆られてしまう。

いつも抑えて走行する、心を捉えて離さない願望を抑えて日々の生活を繰り返す、道を行く事で見た事のない世界に辿り着く気がしてならないのである。

ならば行くが良いと言われるので、日常では言葉の端っこにもおくびにも出さずに過ごしている。


子供の頃に獣道を見つけて心ウキウキ、突き進んだ事があった、とても歩きやすく急な斜面も楽に歩けた、ただ生い茂る草を除けるのが大変だった。

笹の葉で顔に傷が付き、野ばらの茎のトゲで腕はギザギザの長い傷が付いた。

辿りついた先にはコポコポと湧き水の出る湿地、上を見上げると木々の枝の葉が空を程よく隠し、気温は快適、風も当たらなく蒸し暑い夏なのに涼しい、生きる者と自然の調和が此処に存在していた。


5年程前にもホイッスルを首から下げて、そんな道を歩いて山の中に歩みを進めた、此処を縄張りとしている雄熊がいる。

この雄熊は人間も家畜も襲わない、それでも矢張り気持ちの良いものではない、けど……道をたまに歩きたかった。

たった一人、私のストレスの発散方法はドキドキ（笑）。誰の付き添いもなく密かに行われる。

もし熊に襲われたならば、幾ら探しても私は見つからないわね。

幾十年の時を経て何処かの猟師さんが見つけるかも……なんて考えながら……。

だって〜、誰にも言わずに隠密行動なんだもの、言えば止められるし一緒に行きたいわね〜……と言ってくれる女子のお友達もいないんだもの、10パーセントの寂しさがこめかみの辺りを漂う、山登りとは違う道だものね〜皆さん忙しいから仕方がないわね。

（2022．4．3）

天使のらくがき・1

あるお家の前のアスファルト幅2メートル位、長さ30メートル位あるかしら？　白、ピンク、青のチョークでアスファルトに円が描かれている、このお家のお孫さんかしら？　つたない円をしみじみ見つめる事数十秒、あまり長く見つめ続けて不審者と思われると大変、何処に目があるかわからない恐ろしさが立ち上がって来る。

私の仕事は未だ誰かは起きて活動はしているが、殆どの人達は眠りこけている時間帯、朝方の活動、数時間で終わる、その後はぜ〜んぶ私のお時間♪（ニコニコ）、三分の一は無駄遣い時間帯もあるが、そこは妄想、想像と建前で置く事としたい。

らくがきと呼ぶのは勿体ない、かの国の原始人が起こした欲望の戦争に思いが飛んでしまった。

女の子かしら？　男の子？　2、3～5歳位かしら？　円がキチンと結んである、何を描いたのかしら？　見ていて飽きない、幸せがユラユラと円から浮きあがる。

話すのが苦手な私は妄想専門、此処に子供ちゃんがいたならば、気付かない振りをしてスッと消える人間なのよ（苦笑い）。

それでも普通に挨拶は出来ていると思う、自分目線だが注意など誰も言う筈もなく、歳を重ねると誰からも指摘や怒られる事もなくなり、間違いや愚かな行動も黙認されるようになり、行く末は我儘なご老人の出来上がりとなってしまうのではないかと考える事がある。

あるお母さんが話していた事を思い出した。

子供は8歳迄天使なのよ。

8歳からは悪魔よ、怪獣、魔物に変身するのよ。

頷いてしまった私がいた。

自分の幼き頃、常に何か遊びにする物はないかと探し回り閃いたら速実行した、何個の時計や機械をバラバラにした事か？　ラジオもバラバラ、音がどうして出るのか不思議、時計は何故動くのか不思議、兎に角周りは不思議の国だらけだった。

そんな私はネジが好き、ボルト、ナット、部品という重い鉄が好きという変な女子になってしまった。


（2022．4．9）

天使のらくがき・2

ハートの形は紀元前7世紀頃、ギリシャで栽培されていたシルフィムという、ハーブの種がハートの形をしていた事から、銀貨に刻印されて広まったらしい。

今では全人類が知っているハートマークは愛・優しさのシンボル。

女子はハートマークがとても好き、商品やイラストや身体でも表現されている。

男子はどうなのだろうか？　女子の様にキャッキャッして楽しんでいるのだろう

か？　それともあまり好きではないのだろうか……等と最近ふっと思った。

気温は34（＋7）の予報が出て、地面から熱気が立ち昇っている。

プラス7度は……いや～ん、41度～、このいつも寒い地方では信じられない気温に、2メートル離れた桜の木に蝉がジージー、途切れる事なく羽を震わせて音を鳴り響かせている。

夏だわ、夏、嬉しい夏に蝉、僕は此処にいるよ～と音を響かせている、ほぼ耳の横で鳴いている気がする、耳に響き過ぎて難聴になるかも知れない。


ワンちゃんのお家はハートが、それもピンク色で塗られているではないですか～。

ワンちゃんはいないけど詮索はしない。

ハートの形♡　やっぱり描いたのは女の子かな、小学生位かしら？　5歳位でも描けるのかしら等と詮索してしまった。


一際明るい街灯の下、クワガタ虫を見つけて大喜びした天使は走り回り、黄色い歓声を上げて、見つけたクワガタ虫を手にして、誇らしげに見せてくれた。

沢山の事をお喋りしてまたクワガタ虫を見つけて歓声をあげていた、可愛い天使。

ハートマーク♡を描いたのは女の子と断定してもいいのだろうか？

あるお家の新しい波鉄板クリーム色に、真っ赤なペンキで〝かじる〟の文字が、文字迄の高さは1メートル程、文字を覚えた天使のいたずら、何故〝かじる〟なのだろうと、何年過ぎても微笑ましく思い出す。

その文字は薄くなって今も残っている、書いた天使は天使を脱皮して小学生3年位かしら（笑）、大人だったりして〜、世の中色んな事があるから決めつけてはいけない、と思いながら想像たくましい私は又もやクルクルとワンちゃんのお家に描かれたハートが気になる。

女の子の天使、しゃがんで黄色、白と青、そしてピンクのチョークを握りしめて、書き出したそれは何処から書き出したの？

温度計の赤い棒は、11時40分、34度迄登り、蝉は忽然と鳴かなくなった、彼女さんが来たのかしら、鳥に見つかったならばジジジ〜〜と鳴くから、飛び立つ時はジッッと小さく音を出すから、ニコニコ♪、やっぱり彼女さんが来てくれたのね。

（2022．7．31）

道草にカラフトイバラの実

立ち枯れしヨモギをしのらせ名も知らぬ野鳥、微動だにせず見つめる先は霧で人の目には何も見えぬ。

見えぬ霧の海の彼方見つめれば、顔の横にありしカラフトイバラのトゲトゲ枝に、危うく頬ひっかき傷付ける所だった、ヒヤリと目をむき空かさず回避、何者にも食されずに付きし実の硬さで力入れたならば、肌に傷がつく程に硬く、雪をバックに赤色鮮やかに枯れ葉色の春先に神のみぞ知る姿。

見えぬ霧の中、道草決め込み車路肩に停車テコテコ歩みゆけば、晴れなければ絶対に開かぬ福寿草、見ざる聞かざる言わざる決め込み、枯れ葉の中に隠れしも、背が伸びてしまい、しっかり見えていますよ、福寿草さん（笑）。

コゴミの葉シダ類寝そべり、私の足絡め取り危うくズザザーッと顔面コゴミの海原に沈没するかと肝を冷やす。

よそ見し過ぎて我が足すり足歩行、足の筋肉付けねばと思いしも、直ぐ忘れていつもの生活習慣、羊毛チクチク、パソコンパタパタ、デッサンシャカシャカ、驚愕座りっぱなし、これでは我が足退化してなくなるかも。

これをして、あれをして食事作り、洗濯せねば、掃除せねば、しなければと思う心が良からぬ、普通の日常を歩む事の喜び忘れてしまう所だった。

テレビではサリンらしき物上空からまき散らした許さざれる行いが報じられ、核実験再開等、20世紀は硝子の建物、原始の魂が生まれて来る時代、人々の70パーセントは悪いお人達が出回る、それは世界がひとつになった時に起きる、と、うろ覚えのエドガー・ケイシーの文面が頭をよぎる。

無常を視る

明け方、雨が降ったらしい路面の濡れ具合、花畑のお湿り具合が心地よい、北の空は綺麗な雲～心がホウ～ホウ～。

軽やかに呼吸が出来るスコスコ入って来る、少し道草、流れる川を眺めて、せせらぎ!!!　流れる音が結構うるさい。


パ～～ン、猟銃が何処かで一発、猟銃の乾いた情けない音の余韻は、長く山や空気を震わせ何処かに沈みこんで行った。

朝日は東の雲に遮られその上にある筈の太陽は北にある雲を輝かせている。

猫が交通事故、群がるカラスに生存の無情、下る川の流れに逆らい上る魚達に我も一緒に川をさかのぼりたい願望が……ゴム長靴を履いていないから諦める。


（2022．4．12）

突然「石狩挽歌」のメロディが。

あれは一月の寒い朝～♪～♬～

何気なしに見つめた雪の上～♪♬～


一匹の3センチ程の幼虫が雪の上をほふく前進している、進む先を見渡すと雪の海原しかない、何処に向かおうとしているのか真意を問い詰めたいが果たせぬ思い。

私は幼虫が苦手、あの節々が伸びたり縮んだりする様がどうも気色悪くていけない、クワガタ、コガネムシ、カミキリ虫は可愛い、裸の手の上で転がせるから自分でも不思議に思う事がある。

その他の幼虫は、夏ならばギャーギャー心の中で騒ぎまくり、速、死刑執行してしまう。

特に蛾の幼虫、ヨウトウ虫の食べっぷりは一夜にしてキャベツ白菜は食い荒らされボロボロ、形を留める硬い葉脈と芯だけが残り、虫取りさぼりは一か月程の時間と苦労を無常がけたたましく笑い転げて行く。

雪の上の幼虫、10分程何処に向かうのだろうと見ていたが、一月の午前大寒、太陽が燦燦と降り注いではいるがジッとしていると足元から身体の芯に冷たさが登って来る、私は素直に我が心に従い、その幼虫の行く末を確認する事を諦めた。

だが、その映像は脳裏に焼き付き、やはり寒さに凍えてでも見ておくべきだったと後悔していて、心残りの映像となってしまった。


（2022．4．19）

薄墨の迷路

見えない、見えない、濃霧で周りが見えない、飛び出す風景突然曲がりカーブ、そんな走行をしていた私の目の前に朝日殿がドーーン。

『霧の中のハリネズミ』、1975年、霧に包まれたハリネズミ、この作品はまだ見ていない、読んだ事がない。

まだ十代だったと振り返るが題名も作者も分からない、薄っすら今話題のロシアの作家だった様な記憶しかない。

濃霧が発生する度に繰り返し思い出される本の中の映像。

お爺さんと子供が濃霧の中を歩いているシーン、何処を歩いているのか分からなくなり、延々と濃霧の中を彷徨ってしまうという内容だった気がする。

新雪を歩く、真っすぐ歩いている筈、後ろを振り返るとグニャグニャ曲がっている足跡、視界はスッキリ、シッカリ見えているにも関わらず曲がっている、人間の感覚とは頼りないものなのね～といつも少しショック。

この濃霧は薄墨の世界、ご仏前、ご霊前ののし袋が霧の中で浮かび上がって来た。

今ではしっかり印刷され100均等で売っている、真っ黒なご霊前の文字、殆ど筆を使う事がなくなってしまった。

書いたとしても下手な文字、相手に失礼になりそうな文字しか書けない私は、あらかじめ印刷された物を買ってしまう。

本来ご霊前は薄墨を使用して書くと教わった事を、この濃霧の風景で思い出した。

意味は貴方が逝ってしまい、悲しくて悲しくて涙があふれ出て、黒い墨がこの様に涙で薄くなってしまいました。

ご霊前の文字だけでも練習しようかな……と考えた濃霧の朝。

（2022．4．20）

さみだれを集めて

谷地坊主（ヤチボウズ）を眺める度に自然界のモヒカンだわ。

『ラスト・オブ・モヒカン』という映画を過去に観た、人間も動物と考える、それも肉食動物である。

Tレックスが怖いどころの話ではない。

弱肉強食と考えると、力の弱い物は滅んでしまうと言う哀しさが付きまとう。

苦笑い。

朝はジリ（霧の様な雨）が降っていた、家の玄関のヒサシから時折滴る水滴、結構な間隔があって、ポタン。五月雨を集めて……ではないが、集まって……ポタン。この水滴は絶対に避けたい、上を見つめて今だーと玄関に突進それでも頭の上にポタッと落ちてしまう、心がかなりのショック、物凄く運が悪い～と思ってしまう。

そして、その水滴は事の他大きい、髪の毛の中に沁み込み耳のあたりに流れて来る、それを拭おうとする手が運の悪さを増幅させてしまう様に感じる、今朝は驚く事に3個もの水滴に攻撃されてしまった。

五月雨を集めて……屋根の上には埃がいっぱい、鳥のウンチもある筈、見えないから分からないけど、他にも何かあるかもと考えると運の悪さに拍車がかかってしまう。

ジリが集まり路面が雨の様に濡れている、ジリが集まり花達が美しい、雀の羽は濡れているが元気に飛び回り求愛行動。

いち早く雛を育てている巣の下を横切ろうものなら、けたたましく雀の親は敵が来たとさえずり遊ばして、それでも上を見つめていると威嚇して来る。

小さな身体でスレスレに飛んで雛を守ろうとしている。

幸せな時間が流れて行く。

ジリ。ジリが集まれば皆濡れているわ。


（2022．4．22）

メビウスの芋

4時、明るい、目覚めて明るいという事は幸せを感じる。

周りがライト無しで見渡せる季節がノロノロと休みながら、ため息つきながら北の地にやって来た。

各家々の畑達は掘り起こされて、色んな種類の物が植えられ見渡す限り緑の大地が広がっていくだろう。

そして、殆どの方々は芋、じゃが芋を植え始める。

お店の入り口には沢山の苗や種芋が並べられ、ところ狭しと肥料等も並べられている。

私もほんの少し趣味程度にじゃが芋を植える。

だがお店に並んでいる種芋は買った事がない。

食べる芋の皮を少し厚く剥き、肥料を施した土の中に並べて埋める、しっかりと元気な芽が出て来て芋が出来る。

普通の芋になる、その皮を又土に埋めると、又芋になる、もし冬が無ければメビウスの環、無限大の記号の様に食べては皮を埋める（笑）。私は死ぬ迄じゃが芋を食べ続ける事が出来る。


昔日本にも戦争があった、食べ物が無く田舎では芋泥棒が沢山居たと爺ちゃん婆ちゃんが笑いながら話していた。

種芋などない、食べた芋の皮を植えて食べていたと、ニコニコしながら話していた事を子供の私は耳をダンボにして聞き逃さなかった。

その話は随分と記憶の底に沈み込み、中々表には出て来なかった、ある時芋の皮を捨てた、芽が出ているなんて知らない、肥料をしていなかったが5～6センチ程のじゃが芋がゴロゴロ土の中から出て来た。

単純に凄～いと感動、掘り起こした芋に向かいニッコリ満面の笑み。
それから私の芋植えは無限大、メビウスの環、繰り返す命の環（笑）。

（２０２２．４．23）

未来という明日

凍った土の中からモコッポコッあちらにもこちらにも、春告げ可愛い愛おしさで食べてしまうけど、そんな蕗のとうは成長して50センチ位の姿に、巡る時間の速さを見てしまう。

５月の中頃になると、ピョ～ン、ピョ～ンと伸びて一メートル以上になり、種を飛ばし始め、その頃には蕗も成長して食べ時を日々見つめる事になる。

蕗のとうの成長を見つめ続ける私は毎年……何十回？　かな（笑）。種を飛ばし始めている蕗のとうには可愛らしさも何も感じられない、空を見上げ時の巡りに暫し心細めて、伸びて風に揺らめくふきのとうは決っして可愛らしかった頃の面影は微塵もない。

あんなに可愛らしかったのに～、こんな姿になってしまって～と、出来るならば見ないでおこうか私よと自問しながら寂しく感じてしまう、それも毎年同じ思いで見つめている自分を発見してしまった（笑）。大袈裟に言うならば、生きている全ての物・者たちの生と死を見つめている様な心持ちになってしまうからいけない。

路面にはカラスが何かを発見してついばみ、こちらの距離を見計らい飛び除けて、近くの電線に止まる、キタキツネが急いで道を横切り、鳩等は身体が重いのだろうか？　カラスの様には飛びたたない、こちらがスピードを緩めないとぶつかってしまう。

鳩の飛び立つ様は健気で必死さが伝わって来る、身体に対しての翼の小ささが驚いてしまう。

あの翼で何千キロも飛んで帰って行く伝書鳩、何故か泪を誘う。

今日も羊毛チクチク作り続けなければいけない私はストレッチしなければ、肩こりと足の退化が始まっている、大変だわ～目がショボショボ文字がボワ～ン。

（2022．4．26）

邪魔者の警告

青空がババババ～ンと満面の高笑い、カラスは飛び交い北キツネが牧草畑で何かを見つけたらしく畑をほじくる、路肩の雑草と言われる名前のある草達は日毎に緑が濃くなり、春先の道路の行く先を示している。

路肩の雑草達は二か月程未来には邪魔者になり、十字路T字路では右が見えない左が見えない、車のボディを擦り細かい傷が付く。

その頃には早く草刈って欲しい、イヤー大変道路を覆い尽くし物凄い勢いで雑草のバンザイ、目一杯のバンザイをしている様に見える。

自生する植物、木々達はその土壌によって生えて来る物が違う。

詳しくは分からないが、土が痩せて酸性化が進んで来るとスギナが大繁殖。

肥沃な土には雑草と言われる草達は目立たない気がする。

森は切り開かれ山々の木々達は細い木ばかり、秋になり落ち葉は大木の様には多くない、落ち葉が少ない、山の土は痩せて笹がビッシリ、肥沃な土に育っていた植物達は消えていった。

そこには増え続けるエゾシカの存在も加わり自然破壊が起きている、花を食べるエゾシカ、花がなければ種が出来ない、そして絶滅、山には花が少なくなり毒草が元気にお日様浴びて高笑いしている。

春一番でニョッキリ、一際目立つ猛毒バンケイソウ、姿形はとうきびが地面からニョッキリの姿、クレヨンの緑色、まだ緑がない風景の中では殊更目を引く。

成長すると1．5メートル程になり花は種になり、鹿は案の定食べない、果てしなく増えて行く。


山育ちのいとこ達は幼き頃この毒草でおままごとをした、木のまな板の上で毒草切り刻み、

「さあ、どうぞ召し上がれ」

「これには鰹節を乗せて醤油を垂らすと絶品の味わいになります」

とかなんとか言ったかどうかは分からないけれど、3人で遊んでいたという。

子供のままごとを聞いていると、両親の写し絵、どの様なお客人が来ていたのか垣

間見えるむず痒さと恐ろしさを感じる。

そして毒草を刻んだ時に手に付着したのだろうと言っていた、その手を舐めたか？口の辺りに手が行ったのかは分からない。

突然泡を吹き痙攣、白目を向き後ろにバッタリ倒れてしまった、そして救急車で病院へ……良く命が助かったものだといとこ達は笑いながら話していた。

笑い事ではない。

山には山の危険があり、都会には都会の危険があると言う事だろう。

この毒草の葉はザラザラと硬く無数のヒダがあり、匂いは驚愕する程に臭い。

そんな物をよくも刻んだものだと感心する一方絶句してしまった。

動物が食べない物には毒がある事を知識にいれておきたい。

結構怖い話。

（２０２２．４．28）

蟻

泳ぐ筈の鯉のぼりは柱にピタッと張り付き、尻尾も動かさずヒヤリとした大気の中、薄い雲を従えた青空を静かに見つめている。

ひび割れたアスファルトにこんもりと砂が盛り上がり乗っかっている、誰の仕業？蟻ちゃんの仕業ね。

アスファルトの下では大忙しで蟻達は動き回り、快適なお城を築いている証の砂、ほぼ同じ大きさの砂粒、この砂粒一つ一つを前足で地面の上まで持ち上げている作業を想像すると、蟻を悪者扱いする気持ちがなくなってしまう。


子供の頃……今も（笑）、蟻の巣で結構遊ぶ、一列になり早足に進む道に障害物を置く、蟻が持てるだろう砂粒を置く、すかさず行進していない蟻が来てチェック、その蟻は砂粒を取り除く、はたまた蟻の出入り口に行き入口を広げてあげる。

蟻達は右往左往、ニマ～ッ。もっと広げてワーイワーイ。卵が一杯沢山あるわ～♬

ニコニコ。大慌てで卵を抱えてチリジリバラバラに避難訓練かな。ワクワク。わ〜い女王蟻発見、守る蟻達からすると20倍位の大きさもある。

畑の端に草を積む、暫くすると蟻達が来てお城を築く、沢山の卵が白く輝いている、こちらも蟻達は右往左往している。

そのまま草を戻してあげる、痩せた土を耕してくれるから見守る事にする。

そんな蟻の住家を時折いたずらしながら春という季節が巡り来た、明日からお空さん泪模様の予想、雨を眺めながら羊毛チクチク肩こり、バンザイして身体捻り目薬さして、グシッ。目薬点眼をみつめられない私は目の周りがびちゃびちゃ、眼球に中々到達しないから目薬早く無くなり、いつも新鮮な目薬を左手で瞼押さえ付けても眼球にさせない悔しさ哀しさかな（笑）。


（2022．4．30）

苦い経験

年配のご夫婦がソフトクリームを食べながら、

「ここで食べてもいいですか?」

「どうぞ、ゆっくり休んで下さい」


あれは2019年頃以前のバイト先の売店に、ソフトクリームを食べに来てくれた優しく穏やかな雰囲気を漂わせたご夫婦のお話。

何か怪訝に思っている様な印象を受けたので暫くお話をする事にした。

工場では仕込みの最中だが15分位ならとお天気の事等を話して和やかな雰囲気になった。


「今コゴミを採って来たんですよ〜、こ〜んなに」

両手を広げて嬉しそうに笑っている奥さん。

その隣で優しく微笑むご主人、色でたとえるなら暖かい黄色のオーラに包まれている様な年配のご夫婦。

　コゴミの食べ方や何処でコゴミを採って来たかや、そしてご主人が転んでしまったと笑っている。

「もう疲れて足が上がらなくなりましたけど山菜を採るのは楽しくてやめられませんね」

　会話は少し……途切れた。


「コゴミって苦いですよね、どうすると苦みがとれるのかしら？　いくら水出ししても苦みが取れないんですよね～」

　突然今迄不思議に思っていたのだろう事を尋ねて来た。

　そしてとても驚いた、今迄何十年も苦いと思いながら春の喜びと山の散策も兼ねてのコゴミ採りは、いつも苦い苦いと味わっていた事になる。


「そのコゴミは色が濃くて物凄く太いですか？」

「そうです、色も濃くて太くて美味しそうでした」

「コゴミにも雄と雌があるんですよ、雄は苦くてそのコゴミの株には焦げ茶色の枯れた立派なコゴミが倒れずにあったのではないですか?」

「ありました、全部そこから採って来ました、え〜っ、こ〜んなに〜10キロ位、こ〜んなにですよ、2時間位歩いて……えーっ……」

両手を広げて採って来た量と、今迄の記憶と、先程採って来たコゴミを捨てなければならないのかしら? という落胆とが一気に押し寄せて来た眼差し、ご主人も目を丸くしながら、

「もう一度採って来るしかないな、ハハハハー……」

「明日にしましょう、今日は疲れたわ」

笑い話と驚いた話と15分を大幅に過ぎている。

雄のコゴミは元気で色艶も満遍なく、どう見ても美味しそうであるが、食べれない事はないが苦くて不味い、甘味もな〜んにもない、目印は元気な去年のコゴミの焦げ茶色の殻が立ち尽くしている、春の山菜採りの注意事項。


（2022．5．9）

てっぺんに命の桜

振り向きもされず青空の下、太宰治の一輪の花のやさしさを垣間見、芥川龍之介の『蜘蛛の糸』の文末をよぎらせ、来年も咲くのだろうかと青空に刺さる桜の花を仰ぎ見る。

猫達は緑の草地へ逃げたり、頭隠して尻隠さずを繰り返し、雀に馬鹿にされ逃げられて、ようやく生きている身体付きに人の哀しさを繰り返し見つめてしまう。

春の宴の片隅に無数の物語が繰り広げられ、朝日を浴びて足元の葉に付く水滴が眩しく、光の反射は脳裏を貫き宇宙を魅せてくれる。

窓から見える花畑に桜の花びら風にあおられて舞い落ちる。

トンと来なくなったエゾリスの為に、ひまわりの種を設置しようか？　今朝はシジュウカラが来てくれた。

雀は彼女に振られてもめげずにアタックして、またまたソッポを向かれて……その傍らでは雄同士の激しい戦いが繰り広げられ、ワアーォー、くちばしで相手の頭を咥えて離さない、相手の雀の足は羽をムンズと掴みバタバタグルグル。

桜の花びら舞い散る片隅で雌の雀は呑気に餌をついばんでいる。

パンくずどうぞ、雄の雀はひたすら雌にパンを運び続けている。良かったね。

応援者より

（２０２２．５．11）

つま先にピンク

見える雨粒土に吸い込まれ、何処に落ちたのか探せない。

波紋を作り水溜まりへ、ぴちょん、ぴちょん、水溜まり大きくなって行く。

桜の花びら一枚つま先にしがみついている。

20代、いや〜ん大変どうしてこんな所に花びらくっつくのよ〜、なんて思い、直ぐ払い除けて靴が綺麗になったわ〜。

時間は進み……今朝、ふっと気がついた、靴のつま先に桜の花びら一枚。

ピンクよ～カワイイ!!　可愛い、ずーと離れないでつま先にいて下さいませ。

この思い方の違いに驚いてしまった。

若い方達は髪が乱れても麗しいけど私は？　……妖怪婆あ～に見えて仕方がない、結構卑屈な自分払い除け開き直る今日この頃。

創作、聞こえはいいが面倒くさい、絵を描くのと文章を書く事は……私の場合同じ土俵にいるような感じ。

手作り羊毛フエルトは全く違う分野なのね～（汗）。焦る、新作を考案中はな～んにも描けない、書けない、読めない事に気付いてしまった。

ＳＮＳの記事を無理に読んでいると頭に入って来ない、これでハートマーク押したものなら……。

相手には分からないのだろうが自分のモヤモヤ倍増となってしまう、のかしら～ん。

新作出来た～？　かな？


（２０２２．５．14）

ヒグマ出没

畑の季節になり帰宅途中、元気にしているかしら〜んとよそ見をすると、年に数度しかお話しないけど、元気な80歳にはなっているお友達かしらね、が畑で丸くなりモコモコ。

通り過ぎたので少し躊躇。１００メートル位か？　Ｕターン。

「おはようございます、お元気でしたか？」

立ち話は30分を遥かに超えてヒグマの話に辿り着き80歳位になるお友達が、そうそうと思い出したかの様に話し出した。

「いとこが昨日コゴミ採りをしているとヴーヴーと後ろから音が聞こえ、車のエンジン切って来た筈だがと不思議に思い後ろを振りむいたら、子熊二頭連れた大きなヒグマが10メートル先で唸っていたんだってよー」

「えー、怖いー」

「それでどうしょうもないから、ヴーヴーと両手を広げて唸りかえしたら、子熊達は直ぐ逃げたけど、母熊が険悪ムードで今にも襲って来そうだったんだってよ～」

「それでどうしたの？」

「何も持っていないからどうしょうも無くて、腕を大きく振り回してヴォーヴォーと喉が痛くなる程吠え返したんだって、なんとかいなくなったーと言ってねー血相変えて来たんだよ、だから山菜採りに行く時は気を付けなさいよ」

少し熊の話で盛り上がり、お互いに熊との遭遇は運よく未経験だった。

こればかりは経験したくない。

我が実家も雄のヒグマの縄張りの中30年は生きていたと思う、とても大人しく家畜や人間に危害を加えない、時折遠くの吠え声を聞きながら生きている事を確認していた。

ある年から忽然と姿も吠え声もしなくなった、どうしたのか聞いて悲しくなった。

本州から来た猟師さんが寝ている熊を撃ち殺したとの事、遊びだったらしい。

それから一年後、その雄熊の縄張りは牧野（各酪農家さん達の若牛を春から秋遅く迄入れておく牧草地）の若牛7頭が熊に殺される事件が起きてしまった。

今その牧野を利用する酪農家さん達はいなくなった。

新しい熊が来た、これから何年もの間入れ替わり立ち代わり縄張り争いが続くだろう。

そして新しいヒグマが来た。

こちらは雌のヒグマで子供を2頭連れている情報、既に肉と血の味を知っている熊達、色んな熊が縄張り争いをする、心ない一人の遊びは危険という尻尾がたなびいて、今年も続いている。

実家はこの牧野から50メートル程しか離れていない、野菜畑でモコモコしているとガサガサという音にフリーズする事頻繁になってしまった。


（2022．5．17）

ヒグマ共存

天気は良かった、西に傾き出した太陽を背に、「夕方4時頃に来なさい」……と言うので訪ねて行ったが80歳位のお友達は畑にいない、もう一つの畑にもいない。10分程あっちの畑こっちの畑……。

困ったわ~帰ろうかしら。

紫芋を分けてくれると言うので喜んで来たのに……いない。

思い出したわ、何時もラジオを聞きながら色んな事をしている80歳位のお友達、女子。

音を探して建物の中に進み「こんにちわー」と叫んだ。

タバコを咥えて片目が煙いのだろう、つぶっている、建物の中に掘られたムロ（野菜等を貯蓄して置く所）から泥でこすけた顔が出て来た。

こ・言葉を失った、もぐら叩きしたくなる。

豪快に笑い「今忙しいからねー玄関の前に置いてあるから持っていってー」

一言二言言葉を交わして……帰って来た。


話は急に変わる。

新規就農者（酪農を営む方）が来て一年位経った頃だったと思う、放牧している牛の間をヒグマが歩いている~と、血相を変えて隣の家に駆け込んで来たという。

どの様な会話なのかはその場に居合わせていないので分からないが、

「兎に角、騒がない様に、あの熊は此処を縄張りにしている熊だから危険はない、もしあの熊が姿を消したなら違う熊が来て、牛全部殺されるぞと脅しておいたから大丈夫」

お隣さんのご主人は笑いながら話していた。

悪さはする、秋になると牛に食べさせるデントコーンが食べられているが、地元の人達は「又、食われていたわ〜、ハハハハ〜ッ」と笑っている。

この地域はその熊のお陰で安全に牛を放牧している。

違う地域では毎年牛が熊に襲われるニュースが聞こえて来る。

一概に言い切れないが、家畜を襲う熊が出て来るのは人間のモラルのなさが原因かも知れないと思う事もある。

鹿駆除で猟師さん達が山に入り鹿を打つ、後片付けしないでそのまま死骸を放置して行く人達がいるとある猟師さんが困り顔で話していた。

山に実りがなければ熊はお腹を空かせてウロウロ、そんな所にご馳走があれば食べてしまう筈、そして肉の美味しさを知ってしまう。

逃げない牛達は絶好の標的になってしまうだろう。

北海道は開拓されて見晴らしの良い牧草地帯が広がっている、当然熊は狭い山々に隠れて鹿は伸び伸びと豊富にある牧草を食べて増え続け、鹿がいても騒がれず熊が見えると騒がれてしまう。

臆病なヒグマの怖い所は出会いがしらと子供を連れている母熊、肉の味を知っている熊、春先冬眠から出て来てお腹を空かせている熊に気を付けていると良いという。

笑い話もある、山奥に山菜取り、写メを撮って帰って来て写メをチェック、10メートル程離れた蕗の葉の間にヒグマの顔が写っていた。

帰宅してゾッとした話を良く聞く、上手に共存していく為には心ない方達のモラルが必要となり、むやみに餌など与える行為は禁じ手である。

（2022．5．18）

加速に忘れ去る

日頃の運動不足で脚力がヘナヘナ、笹に足滑らし目の前の立ち木につかまり、波打つ心臓に少しの休憩を与え、たった20メートル程の急斜面を登り恨めしく見つめてしまう。

行きはヨイヨイ帰りは怖い（こちらでは疲れた事を怖いと言う）、その通りだわ～。急斜面を眺めそのまま空を見つめる、不穏なニュースの中此処は青空と光に満ちた幸せな空間。

ようやく登り切り夏の畑仕事の時だけ使う重機が走った道に出た、またもやヘネヘネと近くの盛り上がっている草達に構わずおっちゃんこハーハーヒーヒー、息を切らして放心状態、水分補給しながら辺りを見回して発見した小さなスミレ。

背丈は6センチ程か？　花の大きさは1センチにも満たない小さなスミレがひっそりと咲いていた。

スタスタ軽快に歩いていたならば気が付かず、ヘナヘナヨロヨロなので見つけたのではないだろうか。

世の中の全ては加速が進み、ひと昔前迄は一日掛けて行き付いた先は、今では10分、20分で着いてしまう。

時間を手中に収めても、もっと早く速くして行こう、まだ色んな事が遅すぎると言う声が自分の中にも存在していた。

先を見つめ過ぎずやんわりふんわり、急ぐ部分はめっちゃ急いで時間確保（笑）して……寝る。

楽しい夢見てニンマリして、ほわ〜ほわ〜、う〜ん、幸せ。

（2022．5．20）

花・花・花

玄関フードに鉢植えの花、玄関両脇にも花、家々の窓際にも花、庭にも花々が咲きみだれている。

走る路肩は黄色の帯状にタンポポ、ふと振り向けば色とりどりのツツジ、デントコーンの苗が植えられ、各農家さん達は空と天気予報に釘付け、暫く雨が降っていない。

そのうちに雨が降らないと文句を言い、畑を走れば土埃が舞い上がり、植えた野菜の苗は息絶え絶えでも、広すぎる畑には水を与える事が出来ない恨めしさが募り出す。

出会えば空模様の話題、冬には有り難い太陽さんに隠れて欲しいと知らず知らずの内に心を行脚して行く。

小さな家の前の畑にはホース伸ばし水シャワー、一時間かけっぱなしでも次の朝には水分補給してくれと、種が言う苗が言う畑が言う。

空を見上げ、また又水シャワーガンガン。

庭の雑草取りしている方に話しかければ土で黒い縁取りまあるく鼻の穴、笑う訳にもいかず雑草のお話等、とりとめがなくなるから「有難うございます、それでは失礼します」。

お天とう様相手のお人達は、毎年今年こそはと願い実りに期待している。裏切られても文句は言うが、呪わずに笑い飛ばして来年に希望を……なんとなく抱いて顔を黒くして、汗をかいて、お茶を飲み他愛のない話で屈託なく笑っている。

これから雨予報、沢山降れ降れ雨の神様いるならば……なんて考えずに、これから雨予報に胸膨らませて、心の中で手をハエの様に擦り合わせている事だろう。

私の植えた花達、皆、土下座している。

程良く降って欲しいと全ての人達が願っている今日この頃。


（2022．5．22）

生きている証

実家の花畑で今年も黒百合が咲き出した、時折しか行けなくなり雑草が元気過ぎて、大事にしていた花々たちが元気をなくしつつある。

毎年一週間程掛けて雑草取りをしてお手入れしていたが、今年は忙しくて放置してしまった、久し振りに見た花畑に黒百合は雑草に負けて3本しか咲けていない、ビッシリと元気な草達に負けて消え入りそうになっている。

なんとかしないといけないわね～。

そんな中でも元気に花を咲かせているのはオニユリ、芍薬、牡丹、水仙、周りの草達に負けずに花を咲かせている。

たくましいわ～見習おう、そしてう～ん、ことしは花畑の手入れ出来るかしら？

だが実家……圏外スマホもＰＣも無用の長物になってしまう。

スマホで出来るのはゲーム位、何時もの癖でスマホに手が行く、情報を……なんて思い開く、嗚呼……（インターネットに接続されていません）の白い画面が表示される。

心に寂しい様な者がやって来て私もスマホ依存症なのね〜、少し反省して……。

携帯電話が世の中に出回り始めた時は便利な世の中になったわ〜、何処でも好きな所で通信出来ると喜んでいた事を思いだす。

いざ手にして驚いた、場所によって繋がらない、電波を探してウロウロして、皆もウロウロ携帯電話両手に高く掲げて、みえない者達、神様仏様祈祷をしているみたい。

それでもあの頃80パーセントは繋がっていた。

あれから30年は経つだろうか？　5G……実家では全く通信不可能スマホはものの見事に無用の長物で物静かになっている。

のんびりと静かに過ごすならとても良い環境、10キロ四方人間がいない穏やかさ、でも、何かがあった場合を考えてしまう。

「ねえー知っている？　ｗｗｗさんが畑で倒れて一週間以上そのままだったんだってよ〜」

それは真夏の炎天下での話である、お母さんが電話に出てくれないからと娘さんが来て発見したと言う話だった。

一人住まいのご老人のお宅が増えて来た、冬場は薪ストーブの煙が見えると元気にしているわ～と安心して通り過ぎる。

夏になると煙が見えない、少し目がテンテン、畑が手入れされているかをチェック。

黒い土が見えたなら生きている証。


（２０２２．５．27）

知らなくてもいいわ

水の上を走るエリマキトカゲの様にアスファルトの上を滑る様に歩くセキレイさん。

足の動きが全然見えません、素早く止まりキョロキョロ、素早く辺りをうかがい姿が見えなくなっちゃった。

まだ雪があった、とあるマンションの駐車場に車を停め外に出て少し歩き出した。

ブフッ、ブフッ、豚ちゃんの様な鳴き声が……音が聞こえて来た。

クルクル辺りを見回しても豚ちゃん等居る筈……ないわよね～、誰かがミニ豚ちゃん飼っているのかしら。

気になってしょうがない、好奇心旺盛な私は、まだ皆さん心地良く夢でも見ている静かな朝の駐車場で声の主に聞き耳を立てた。

どうも沢山停まっている車の下から聞こえて来るみたいだわ。

なんだろう、不思議ちゃんが寒さ吹き飛ばし心の瞳は全開、そして見えた～。

羽が見えた、白と黒の羽の端がタイヤの横からチョロッと、鳥だわ～、あっんら～、セキレイだわ～。

アスファルトの上で羽を大きく広げ、大きく身体を膨らませ、ブフッ、ブブッと声を出しながらゆっくり右へ左へと移動している。

雌のセキレイが足元迄来た、動かない私の周りを一周して行った、ブフッの下手人の雄の求愛ダンスに目を見張り、心も見張り、アスファルトの上を滑る様に歩くセキレイさんだった事が、もうびっくり、驚きと応援と私は凄い事に遭遇したわ～となってしまった。

道草に見つけたピンクの花、一瞬名前は？　と考えたけど名前等知らなくてもいいわよね～。

朝の陽ざしをあびながら咲く花びらは、わあわあ～綺麗～此処で咲いていてね。

（２０２２．５．30）

しこたまおさぼり

昨日一日……掃除洗濯食べた後のお茶碗ぜ～んぶサボった。

案の定、朝のシンクの中は気分が悪く、朝昼夜の食べ物がまざまざと浮かび上がり、食べた後の行動も蘇って来た。

予定していた羊毛フエルト半分は出来たが、予想を遥かに下回ってしまった。

昨日のオサボリは無意味だよ～んと、お茶碗が叫び蛇口の下のお箸が立ち上がり、汚れたグラスを叩き、音が綺麗に出ないわね～と首を捻っている。

あ～分かったわ～、汚れているから綺麗な透き通った音色が出ないのね。

水が入っているから濁った音、濁った音しか出ないのねと言うと箸はバラバラとシンクの中にテンテンバラバラ、秩序なく転がり落ちてしまった。

ソースはそのままに、乾いてしまったお皿は仏頂面でソッポを向き私を非難している。

濁ったステンレスにくっついた水滴は光を反射しない、水は動いていないと死んでしまい異臭を放ち始める。

異臭はもう既に出て来て、ホレホレと悪玉菌がカッポカッポ高笑いしている。

お湯をジャブジャブ出して～スポンジの大活躍が始まる、ピッカピッカのお皿は微笑み、お箸はクルクル踊りグラスは早く磨かれないかとソワソワ顔で待ちわびている。

おサボリは心の栄養を持って行ってしまった。


なのに（笑）、コーヒー飲んでポコポコ、素早く動け～、私よ。

（2022．5．31）

一休さ〜ん

風が強い次の日は至る所で通せんぼ。

自然が沢山あって空気も美味しくて……緑は目を良くするらしい。

近くを見て遠くを見て、それを毎日続けると近視も老眼も改善するという。

忘れた頃に思い出して目の運動、忘れた頃では改善される筈もなく遠視が進む、決して老眼とは言いたくない卑屈さは見える振りをする。

都会で生活していた方が緑の多いお家にお引越し、一年後色弱が治ったと喜んでいた。

赤と緑が分からないと言っていたけど、その世界はどの様な風景なのだろうか？

そう考えると犬の世界、猫の、トンボの？　複眼ではこの様に見えるとテレビの中。

そんな中からＳＦ映画や物語が出来るわと、少し妄想の世界へ寄り道しているとムムッ、進まなければならぬ道路に木が倒れて通せんぼしている、妄想は遮断、ツタが道の真ん中にブ〜ラブラ、車を降りて写メにいそしみツタを引っ張ると、バラバラ水滴が落ちて来る、幼虫も落ちて来るかも知れない恐怖が顔を出した、取り敢えず車は通れる様ね、倒れた木は枯れた白樺、水をいっぱい吸い込んで重たいけど除けれた。風の強い次の朝は……今度から枝を切るナタとノコギリ持参で走る事にした方が良いという結論を導き出した。

通せんぼ、橋を渡るなと言われた一休さん、確か道の端を渡ったと言う頓智が思い出された、小雨降る朝の風景は新緑鮮やかに瞳に麗しい。

（2022．6．1）

モンローウォーク

おしりフリフリ、ピタッと動かない、右斜め方向に頭傾け瞳の端っこでこちらを捉え、危険か？　危険でないかを確認している。

後ろ向きになっているが少し頭をこちらに捻り、目の端っこで私の車をうかがい、姿勢を低くして、飛び立った方が良いか考えているようだ。

危険ではない事を確認したカラスはトコトコ歩き出す。いたずら虫がムクムク湧き水の様に出て来てしまった。アクセル僅かに踏みスピードアップ、車をカラスの方へ向けてみた（笑）（笑）。カラスは片方の羽を慌てて広げ、身体を斜めにしながら姿勢を低くするも、間に合わないと咄嗟に判断したか？　乱れて羽をばたつかせグニャグニャ飛び立ち電線に助けを求めている。

右足を前に尾羽は右へ、左足を前に歩けば尾羽は左へ行く、ぎこちなく見えるけど、何度見てもカラスの歩く後ろ姿はモンローウォーク、黒いモンローウォークだわ（笑）。一度悪戯をすると一か月位は覚えていて警戒怠らないカラス。でも、そこは人間様、全く興味ありませんよ～という（笑）、気を飛ばす。飛ばしているつもり、そして又カラスは油断をする、モンローウォークしてアスファルトの上、こちらの距離を確かめモンローウォークしている。にわかにアクセル踏み込みカラスめがけて突進、キャハハハ～慌てたカラス、モンローウォーク辞めて危なかったぜーと、通り過ぎる私を確認している。

走行中の遊びは誰も居ない時にやりましょう。

事故を起こしてはいけません。


（2022．6．3）

ひとつの命

幹が見えない程に白いスモモの花が、人が立ち入らない木々の中で際立ち咲き誇っている。

その昔開拓に入った人々の家々には必ずスモモの木が植えられた。

日々の暮らしは厳しく子供達のおやつ等買えない、何処の親たちも夜明けと共に働き、陽が沈んでフクロウが鳴き始めてようやく仕事の手を休めて、疲れた身体を横たわらせて眠りに付く。

そこまでして働いた人々は今も残り、大きな農場や、沢山の土地を手に入れ現在は四世代目位になっている。

そんな過酷な生活に耐えられず、都会へ生きる道を求めて出て行った人々は9割を占めるのではないだろうか？

残った人たちは1パーセント居るのだろうか？

大きくなった家々にはもうスモモの木は見当たらない、スモモより美味しい果物やお菓子が容易く入手できる様になり、泥道はアスファルト舗装。

木々の中に咲き誇ったスモモの木は、入植者がいた証であり、子供達もいたのだろうと推測する、その人々は何処に行ったのだろうか？　今はそんな地域に親たちお爺ちゃんお婆ちゃん達が住んでいた事等知らない子供達は元気に生活しているのだろうか？　車を走らせながら見つめたスモモの花に遠い昔に生きていた人達へ想いを巡らせてしまった。

今年は実家の木瓜は枝がたわんでいるかの如くに真っ赤に咲き誇っている。

4〜5年振り位に見つめた木瓜の花、毎年たった一頭の逃げない雌の鹿に蕾を食べ尽くされてしまっていた木瓜が、ものの見事に咲き誇っていた。

毛虫もぶら下がっていた。

今年の実家の花畑の花は逃げない鹿に食べられずにスクスク背丈を伸ばしている。

野菜や色んな物が食べられてしまうから実家に行く度に手を大きく振り回したり、当たらない様に物を投げたりしてこの鹿をおいはらっていた。

でも私がいない時に来て色んな物を食べているのよね〜。

追い払った理由は子鹿を連れて来たからなのよ。

どうして!?　何故!?　という目で私を見つめていた事を思い出す。

人間を怖がらない子供が出来ては大変なのよ、野生の動物は無防備では生きて行けないのよ、そんな思いから追い払う事にした。

木瓜の花が満開に咲いた、あの雌鹿の命がひとつ消えた事を意味する。

増え過ぎた鹿の被害は酷いけど、記憶に入り込んだたった一頭の鹿の一生の断片に、追い払った私がいる事だろう。

木瓜の花がこれ程沢山咲いたのを初めて見つめた。

（2023．6．7）

孤高の哲学者

岩の上、斜め上空《じょうくう》を虚ろに眺めているツァラトゥストラか？

物憂げに西の果てを見つめている者、半分うつむき気だるそうに吹く風に逆らわず、顔を上げ首の葉脈の白さを際立たせている。

ヨモギやシダ類、その他雑多な植物は真っすぐに定規で決められたように、地球から90度の角度で伸びているのに、何故物憂げに悩んでいるのか？　蕗の葉達よ。

何か言いたい事でもあるのか？　言いたい事があるなら聞いてやってもいいけど、あいにく私には君達の声が聞き取れない、風の声が聞こえる、雀が遠くを飛んでいる、車が近づき遠のいて行く音がする。

バサッと直ぐ脇の蕗の声、それっきり又思い悩んでいるように、南の遥か彼方へ顔を傾ける、西へ東へ何かを思案して……それとも遠くのツァラトゥストラの声を聞いているのかな。

私はこれからお腹を満たす事にする。

（２０２２．６．９）

ぴよ～ん

ぴよ～ん、目の端でぴよ～ん。

お出かけは必ず飲み物持参、耐熱容器に熱いコーヒーかウーロン茶、飲み物はこれ以外は殆ど飲まない。

蓋を開けると小さな穴がふたつ付いている。

もう既に20年以上は愛用４００ml位入る耐熱容器、走りながらチビチビ飲む、小さな穴なので蓋は開けっ放しにしていてもさほど冷めない、２時間位は熱々をチビチビ喉を潤して、路肩を、空、木々、まぁ……沢山の物を見ながらの走行。

料金受取人払郵便

新宿局承認

2523

差出有効期間
2025年3月
31日まで

(切手不要)

郵便はがき

1 6 0-8 7 9 1

1 4 1

東京都新宿区新宿1－10－1

(株)文芸社

愛読者カード係 行

お名前《ふりがな》			明治 大正 昭和 平成	年生 歳
ご住所《ふりがな》	□□□-□□□□			性別 男・女
お電話番号	(書籍ご注文の際に必要です)	ご職業		
E-mail				
ご購読雑誌(複数可)		ご購読新聞	新聞	

最近読んでおもしろかった本や今後、とりあげてほしいテーマをお教えください。

ご自分の研究成果や経験、お考え等を出版してみたいというお気持ちはありますか。

ある　　ない　　内容・テーマ(　　　　　　　　　)

現在完成した作品をお持ちですか。

ある　　ない　　ジャンル・原稿量(　　　　　　　　　)

書　名				
お買上 書　店	都道 府県	市区 郡	書店名	書店
			ご購入日	年　月　日

本書をどこでお知りになりましたか?

1.書店店頭　2.知人にすすめられて　3.インターネット(サイト名　　　)

4.DMハガキ　5.広告、記事を見て(新聞、雑誌名　　　)

上の質問に関連して、ご購入の決め手となったのは?

1.タイトル　2.著者　3.内容　4.カバーデザイン　5.帯

その他ご自由にお書きください。

(　　　)

本書についてのご意見、ご感想をお聞かせください。

①内容について

②カバー、タイトル、帯について

弊社Webサイトからもご意見、ご感想をお寄せいただけます。

ご協力ありがとうございました。

※お寄せいただいたご意見、ご感想は新聞広告等で匿名にて使わせていただくことがあります。

※お客様の個人情報は、小社からの連絡のみに使用します。社外に提供することは一切ありません。

■書籍のご注文は、お近くの書店または、ブックサービス(0120-29-9625)、セブンネットショッピング(http://7net.omni7.jp/)にお申し込み下さい。

ある時友に、

「あんた〜私が目の前で手を振っているのに、あんた知らんぷりしていたでしょう〜な〜にも見ていないんでしょう〜」

「え〜何処で〜」

「工事中の十字路で止まっていたでしょう〜目の前に居たんだからね」

プンプンしている、何も見ていなくてよく運転しているわねと、呆れ顔されてしまう事が結構ある。

どこ何処走っていた、あすこですれ違った等々、随分皆さんに見つけられているのね〜怖い〜（笑）。

新しいステンレスボトルを買ったが大きな穴が一つだけ、走りながらでは熱い飲み物飲めない、危うく喉が火傷しそうになりお蔵入り、仕方なく古いボトル落として凹んでにごったステンレス色を使い続けている。

アスファルトの継ぎ目が相当凹んで乗り越えるとガッタン、コーヒーやウーロン茶が小さな穴からぴよ~んとなっていた事に全く気付いていなかった。

車掃除で運転席側のドアの側面が汚い、黒い液体が乾いてぶつぶつ窪みに入っていて拭き取れない。

?? え~何？ どうして~と一年位分からなかった、気が付かなかった。

気が付いてからは危険個所迄にはある程度飲んで少なくして、蓋をしているからもう大丈夫。


（2022．6．10）

錯覚というアメーバー

傘をさす程ではない、でも5分も歩けば全身水分だらけ、畑に植えられた野菜達が芽を出しているが水分不足で葉の先が黄色、雨ではない霧の大きい水滴（こちらではジリと言う）周りの木々の葉や雑草と言われている草達は水分に潤い、ヘラヘラ笑っている。

だが、手入れされて肥料もされて余計な草は取り除かれた野菜畑は土の表面だけしか濡れていない。

土には水分を集める機能がないのかも、その反面水分を受け止めている雑草たちは自分の根元へ運んでいる。

路肩の雑草の育ちがいいのは大きく沢山の両手を開いて水分キャッチ、偉いですね〜。


絶対に下り坂どう見ても下り坂、下り坂にしか見えないからアクセルさらっと踏んでいた。

気が付けば時速はドンドン落ちている事が分からずに、周りの風景を堪能、ムムムッ、あれっ?? 慌ててスピードメーター見ると、70キロ走行しているつもりが40キロに迄減速している。

え〜え〜、上り坂なのね〜と驚いた事を思い返してしまう。

見た目は下り坂でも登り坂なのよ〜と自分に言い聞かせる、アクセル踏み込みましょう。

何故この様に錯覚するのか吟味する、この道に来る度に少ない知識で検証するけど分からない。

目から入る錯覚は気づかない内にソロ～リ、ソロ～リとアメーバーの様に忍び寄り気持ちが悪い。

物理的に説明されたとしても、きっとアメーバーみたいな錯覚は何時までも存在して私を悩ますのだろう。

私の心に住んでしまったアメーバーを退治して、お日様バンザーイとはならない気がする。

ムニャムニャな錯覚には気を付けねば、何かがニヘラーと片方の口角上げているかもしれない。

用心、用心、火の用心。

（２０２２．６．11）

地上に蝉が10回

ホーホケキョ、湿気を大量に含んだ空気中は音響効果が最高でうぐいすの声が心地良い。

水滴の重さにしなだれた草木は、丸い透明のお飾り付けてこれから舞踏会に行く準備をしている。

マタタビの葉っぱ……と母に教えてもらった、何故葉っぱの一部が白いのだろう？

地上に蝉が10回も……嫌だわ、そんなに長くないわね。

幼少期から長きに亘って、本当にずーっと木々の中に白い葉っぱが見え出すと、あの葉っぱのある所だけ鳥が、沢山の野鳥が来てウンチして行くのね。

何も疑う事もなく信じて……確信していた。

良く考えると分かりそうなものなのに、葉っぱに鳥のウンチ一杯付いているわ。

バッチィから近づく事などもっての他、遠くから何時も眺めていたマタタビの葉っぱ達、大きな誤解をしていた。


母は認知症で施設に入所しているが、植物や花、種まきや自然に雑多にある物には詳しい。

野菜の種まき等が分からなくなると、施設に行き教えて貰う。

認知であっても好きな事や若かりし頃のエピソードは鮮明に話してくれる。

そして写メを見せながら、長年不思議に思っていた事を聞いてみた。

「この葉っぱ白いけどなんの葉っぱなの？」

「マタタビ」

たった一言マタタビと言ったまま瞳は何処かを見ている。

無言の時間に母は何思う？　私は鳥のウンチが付いていると思い込んでいたから、なんとも言えない初めての知識に脳みそが真っ白……け。

猫が喜ぶマタタビ、コクワより甘くてヒョロっと長い実を、美味しいと幼少期から食べていたのに……実が食べ頃の葉っぱは紅葉しているから白い葉っぱの痕跡がない事が原因で、私は蝉が10回も地上で鳴いた年月を、鳥達が集まりウンチしていると思い込んでいた。

左半身麻痺の母は突然、

「今お手洗いから帰って来た」

「歩いて来たの？」

突然話す内容について行けないが咄嗟に言葉が出て来て話を合わせる。

「歩いているよ、昨日も10キロ位歩いて帰って来た」

怖い細菌で、あれから会う事もままならなくなってしまったわね。

（2022．6．12）

夜な夜な散歩

雨降り以外は夜な夜な散歩、公園のベンチでひと休み、名月にススキとお団子、彼方の平安室町君想う。


夜を司るツクヨミノミコト、秋になり綺麗なお月様今宵も輝いてくれている。

ツクヨミノミコト、絶世の美男子と言われて想像しまして、心はハートマーク全開。

ググっておったまげた、中国の南画？　かしら、誰が画いたかツクヨミノミコト、ダラ〜とした衣まとい無精髭、放浪をして何年もの間お風呂にも入っていないのが見てとれる。

年の頃は？　シワが無いから30歳位と見える。

しぼんだ我が心、ハタと瞳斜め空中に飛ばして何気なく思う、人により好みが全く違うと言う事。

嗚呼、私は髭が苦手だった、眉毛が濃いのも苦手（あくまでも第一印象が苦手なだけです）絵はこの二つが合わさっていた、人変わればこれも又絶世の美男子に見えて瞳ウルウルのお人もいるのだろう、等と、ありがたや～満月、見上げて公園のベンチ。

夜の公園の中、月明かりに今宵の公園、芝生が夜露でキラキラ、デコボコ芝生ボコンの凹みに思わぬ低さ、筋肉の動きは面白い、あると思い踏み出した足が行き着かぬ時、心臓が波打つ、暗がりの階段もう一段あると思いきや、なかった時の踏み出した足側筋肉痛い、心臓も痛い。


お団子ススキ、朝露にススキ眩く白いこがね色神様のほほえみ、夕日にススキこがね色神様の足跡、な～んてね書きながら出て来ただけ。

朝と夜の散歩は長靴履いてウロウロ、何か珍しい物はないかと瞳キョロキョロ、昨夜の散歩は懐中電灯右手、鳴く鈴虫見つめたくて、一歩踏み出す、鈴虫ピタッ、イヤ~もう~、何時まで待っても鳴かない、待っている時間の長い事諦めた。

　夜の誰もいない広い公園、田舎の公園使われていない綺麗なブランコ、滑り台、シーソー、色鮮やかに赤黄色青色、子供のブランコ私のお尻ぎゅうぎゅう押し込んで、少し漕いでやめた。

　けたたましく鉄の擦れる音、静かな静寂にギィ~ギャ~という音が鳴り響く（泣き）。私の体重が重いのか？　驚いてブランコ諦めた。

　ご年配者が増えている昨今、ブランコ、子供だけに限定は悲しい、そりゃあ、入るお人もいるだろうけど、私のお尻はぎゅうぎゅうで両脇が痛いのです。

（２０２２．９．11）

カラスと一緒に初日の出

空が明るくなっていく、先程迄輝いていた星は一つもない、薄っすらと東の空オレンジ色、冬みかん色が美味しそう。

それから待つ事一時間あまり、2023年の初めての太陽は見えてこない……イヤ～地球よ、速く動け、速く動くと怖い、ガックンガックン油の切れた機械の様になったらどうしよう等と想像してニヤリとしていると、私の車を見つけたカラスのカー子が飛んで来ていた。

「カー子、今朝は食べ物持って来ていないのよ、ごめんね」

ウインドウを開けてカー子に話しかけると目がキラキラ、何か貰えるのかな～とソワソワが伝わって来た、静かにウインドウを閉めるとカー子は首を捻り東の方を向き動かなくなった。

7時近くでようやく見え始めた太陽、カー子と一緒に一時間程初日の出を待ちわびて、そして有難い新年の朝日を拝んだわ♪

眩し過ぎて直視出来ない、数枚写メで長居は無用だわ、車を発進させた。

カー子は車を誘導する様に前方を低く飛んでいる。

コヤツの魂胆は知っている、食べ物を貰えると思い白い雪の上木彫りのカラスになって、私の車の横で一時間以上も待っていた。

そんな魂胆を知っていても、生きている者が隣にいる事に心が柔らかくなり嬉しくなる。

人なんてそんなものなのよね、やっぱり一人でも大丈夫なんて肩肘張っていても寂しい生き物なのね～、ねぇカー子、戦いの末に食べ物で懐いて来たカー子さん、毎年三羽の雛を育てて、あの戦いの攻防から早いもので20年近くも経ってしまったわね。

「カー子、今日はキャットフード両手一杯よ、今度来る時は大好物の美味しいパンを持ってくるからね」

猫の餌では不服らしい、キャットフードに近づいて私を見上げている、首を傾げて見上げられても、ない物は出せない、そのままほったらかしにすると諦めたように不味そうに食べている。

毎年カー子の子供達は80％キャットフードで大きくなっているのかも知れない、他のカラスの子供達より2か月位成長が遅くなっているみたいだわね～、自然界はそんなにも食べ物が少ないのだろうか?? 探そうとしていないのかしら?? 雛から離れられないのかしら?? 困ったカー子だけど我が子を育て上げ、夏終わりには親におねだりの雛達が電線に止まり、ガーガー煩く鳴いている光景が見られる嬉しさかな～？

ああ～煩いわね～巣立ちを迎えた雛達は真っ赤な口を開け続けて、もう一人立ちしなさいとカー子は食べ物をやらなくなる、子供達はさぁ～大変、どうして～！ なんで～!? と執拗に親を追いかけ赤い口を大きく開けておねだり、おねだりの声がかすれる頃には諦めとお腹が空き過ぎて自分から食べ物を探し始める様になる。

それでも必ず甘えん坊と言うか、出来が悪いと言うのかは分からないけれど、何時まで経っても親の後を追いかけてやせ細って行く子供もいる。


子供達を育てている間のカー子はやせ細り身だしなみがボロボロ、今にもポトンと落ちて命が亡くなってても納得してしまう、そんなカー子に私は「カー子は偉いね～ゆっくりお休みなさい」と言う事だろう。

秋中頃になるとカー子の体調は元に戻り、羽は麗しく陽にあたると黒と紫が交互に水に濡れた様に美しく光り出す。

そして冬、子供達の姿はなくなり、カー子と夫なのかは判別つかないけれど、この二羽だけが残り家の裏の木々を住家にしている。

新年あけて初日の出をカー子と拝んでしまったわね、縁なのかしら？

（2023．1．1）

死ぬまで命を生きる

2023年1月1日・元日の朝、カー子と一緒に初日の出を見た。

桜も葉が生い茂り風にサワサワ揺れる、強風に遊ばれてズザザーッと葉を裏返して行ったり来たりしながら右往左往、葉がちぎれて飛んで行かない木々の葉のたくましさ。

窓の外を意味もなくチラリ、桜の花びらが一枚二枚地面に落ちて来た。

見えない天辺辺りでまだ咲いていたのだろうか？　また上から桜の花びらがひらり

ふわり……桜の木を見つめて、もしや未だ花があるのではないかと未練タラタラ探したが見える筈もなく、イヤイヤ花が咲いている筈などないでしょう～と一人ガッカリしながら、苺の花の白さに嬉しさ噛み締めて、今年は甘い苺になるかしら？　苺ではない草を丹念に抜く事にした。

実家の近くに差し掛かると必ず私の車を見つけて、二羽の黒い翼を持つカラスが私の車の前を低空飛行で誘導しているかの様な日々は過去の事。

3月、実家に行っても辺りはシ～～ンと静まり返り、私はカー子と何度も呼んだ、幾度行ってもカー子の姿はなかった。

カー子の好きだったパンを幾度も寂しく持ち帰り、私の胃の中に収まり、あ～あ～あ～ウエストではなく腹がメタボ、ぼよょ～んだわ。どうしましょう、もう一か月以上も姿を見ていない、どうしたのかしら？　山の中に美味しい物があってお腹一杯なのかしらね～。

それにしてもおかしいわ、変だわ。

遠い思い出はキムチ鍋の残り物をカー子に食べさせた事があった。

カー子はヒュウ~と飛んで来てキムチ鍋の残り物にかぶりついた、次の瞬間口に入れた食べ物全部吐き出し、赤い舌を中央にして信じられない、酷い~と言う目で私をジ~~と見ていた事があった。

カラスは辛い物は駄目なのね~と新発見した様な気がした。


「ごめん、ごめん。辛い物駄目だったのね」


カー子は私を疑いの目で見ている、確か黒糖の蒸しパンを（私はこの蒸しパンがお気に入りだった）カー子にやるのには忍びなかったが半分ちぎって細かくしてポンとカー子の足元に落とした。

細かくしないとカー子は後ろにいる??? 夫？ の分までひとり占めして持ち去ってしまう。

何時もなら飛び付いて食べるのに（笑）、首を傾げてパンと私を交互に見ながら、物凄く警戒している。

食欲に負けて小さなパンの端切れを恐る恐る口に運び味見をしている、口は完全に閉じる事なく舌の上でパンを転がして吟味している事に驚いた。

良く考えると未だ口の中は辛くて火が吹いていたのかも知れない。

その事があってからカー子は常に食べ物を見つめて吟味、少し食べて吟味、そうしてようやく安心して食べる様になってしまった。


4月になってもカー子の姿がない、相変わらず私はカー子と呼び続けた。

そんなある日の事、一羽のカラスが私の足元に降りて来た「カー子なのね」私は嬉しくてもって来たパンを慌ててカー子の方へ、それもまるまる全部、細かくしないで、一メートル先のカー子へポンと落とした。


カー子ではなかった。

カー子はハシブトガラス、夫の方はハシボソガラス、そのハシボソガラスだった。


それっきり、このハシボソガラスは私の前に姿を見せなくなった。

後にあの夫だったハシボソガラスは、私にもうカー子は居ない事を知らせに来たのだろうと思う様になった。

実家の近くで山菜採りや山歩きの時は何時もカー子が側にいた、必ず見つけてくれて、こちらが気づいていない事が分かると野太い声でガア～と鳴いて居るよ～と言っていた。

以前に童話を書いた『赤いカラス』という題名、主人公のモデルはカー子だった。

5月終わり、ようやくカー子の命はもう亡くなっている事を疑わずに、電線に止まっているカラス達を見つめている。

物凄く寂しいものだわ、未だに空を見上げて黒い翼を見つめてカー子ではないのよね～と深く自分に言い聞かせる毎日を続けている。

2023年元旦の初日の出を一緒に見たのを幾度も思い出している。

ハシブトガラスのカー子は毎年三羽の子供達を育て上げていた。

話を合わせると30年近く生きていた事になる、簡単に計算してカー子の子供達は90羽もいる事になる。

（2023．5．27）

返り討ち

朝が早いから顔がむくんでいるわね、向日葵。

同時刻の空はもう薄暗く夏終わりを気づかせてくれる。
夏終わりの花が咲き、木々の葉は緑が濃くなり、気の早い草木の葉は枯れて、蕗の葉はこげ茶色の縁取り、葉は硬くなり色褪せてしまった。

北の地も連日の暑さ、短い夏という常識は当てはまらない昨今、エアコンが欲しいと悩んでいる内に暑さはなくなる筈と思うも暑い、暑さにヤル気体力全部持って行かれ、涼しさ欲しい私にはうちわと扇風機だけです。

制作している二階の窓を全開にして風よ来い来い……来ない、暑かった（笑）。

ブ～～ン……黄金虫が飛び込んで来てボトッ、落ちた、チクチク制作の手を休めて、どれどれ、昔より二回りも小さくなってしまったのね～。

又々ブ～ン、野太い羽音が飛び込んで来た、働きスズメ蜂が一匹、オッオッ来た来た、スズメ蜂返り討ちにしてやるわよ。

すかさずハエ叩きを手に握りしめて窓を閉める。

巣を造る場所を物色して飛び回っている、空中のスズメ蜂をポンと撫でる様にハエ叩きで触ると、窓ガラスの方へ逃げて出て行こうとバンバン窓ガラスにぶつかっている。

そうなればこっちのもんで、狙いを定めてバシッ、気絶して下に落ちたらハエ叩きについているトングでつかみ、５００ミリのペットボトルの中にポトンと落とす。

最初はどうしてよいのか分からないので、そのまま蓋をしてほったらかしていた。

そのままにしておくとボトルの中で一日中飛び回り煩い、一匹でも煩いのに6匹位になるとけたたましい、気になって制作出来ないけど20匹位返り討ちにした。

合計で60匹位のスズメ蜂、二日目は考えました。

ペットボトルの中に薬剤を噴射してみた、蚊専用だったが物の見事にスズメ蜂にも効いた。

猛毒なのね～怖いわね～こんな猛毒を私は僅かでも吸い込んでいる事に心なしかザワッとしてしまう。

色んな虫が飛び込んで来る、殆どが蚊取り線香で死んで逝く、苦しみもがく虫達、近年虫の減少が激しいのに、蚊や蛾をその他の見た事もない小さな虫達が死んで逝く、私は沢山の虫達を返り討ちにして良いのだろうか??? と思って、今日もスズメ蜂来ないかな～。

返り討ちにしてやるわよ～。


（2023．8．16）

第三章

愛猫ビーとチビ

チラチラ雪が降っている朝、これから3日間降り続くという地元の天気予報、心が生活面においての困難予想を急激に想像し始めて、シルバーグレーの空を見上げる。雲は旅をしないという事を天気予報士の方がテレビで話していた事を思い出す。雀が10日振りに花畑に設置した餌を食べに来ている。風がなく湿り気のある空気は春を知らせ、上空の雲は威圧感たっぷりに、締め付けを強めている様に感じてしまう心の狭さを吹き飛ばす。

今では遠い記憶のエピソード、根掘り葉掘り指折り数えて洗い出すまい正確な年代。

家の前を我が物顔でトロトロ歩いている、名前をｂｅｅ（ビー）と言う、私のカワイイ猫が、のどかな夏の空の下、何かに満足している歩き方をしている。

「まだ子猫なの、一緒に遊んで可愛くて貰って来たんだけど……私は猫のお世話が無理みたいなのよ～、お願い引き取ってもらえないかしら」

友との会話はこんな雰囲気の会話だった様な気がする。

「え～、居候しているから相談してみるね」


アトリエを建ててやるからと言う父の嘘にまんまとハマリ、沢山の事情があり実家に帰る迄の一か月間だけ、居候となってしまった私には無理だよね～と思っていた。

そして相談してみた、即決でＯＫだった。


彼女とはどの様なきっかけで知り合ったのかさえ忘れてしまった。

宿なしになってしまった私に、ダブルベッドの半分を貸してくれた彼女は今どうしているのだろうか？


そして子猫は私の腕の中に来た。

ダブルベッドの半分で私とｂｅｅ（ビィー）は寄り添って眠っていたらしい。

物事に動じない気質を持ち、何処に行くのも私の肩に乗り辺りを見回していた。ドアの開け方やポットの上を押すと水が出ることを知り、一緒に電車に乗り一緒に寝起きして何時も一緒だった。

未だ生まれて4か月位だったと思う。

そして羽田から飛行機に乗り、一人と一匹は北の地に降り立った。

ある日、父の友人が1トン車の荷台に、2歳になるハスキー犬を乗せて訪ねて来た。このハスキー犬は、私の可愛いｂｅｅを見るなり荷台から飛び降り、ｂｅｅに向かって猛攻撃をするべく走り出したのである。

ｂｅｅを見ると、その事に全く気付いていない、ノタノタあらぬ方向を見ながら歩いている。

猫と犬の距離は16メートル程、私はバケツに水を溜めようと水道迄走る、間に合わないかも知れない、殺されてしまう、水を掛ければ犬の興奮が治まる筈という希望にすがった。

蛇口をひねろうとしたその時、実家の犬が物凄いスピードでハスキー犬に飛び掛かって行ったのである。

体長はハスキー犬の半分もない雑種の小型犬、到底勝てる筈などない、水を持ち走る私、ハスキー犬の飼い主も犬を叱り付けている。

犬の毛がそこら辺に飛び散る、手がつけられない状況が繰り広げられているにも関わらず、ｂｅｅは悠々と振り向き「どうしたの」と言う目をしている。

ハスキー犬の飼い主は空砲を鳴らし、私は水を掛けてなんとか収まった。

ｂｅｅはいつもこの実家の犬……へそ曲がりの所があり、嬉しいと唸り声をあげ、威嚇としか思えない表情をするチビという名前の犬にいつも擦りついて、何処かに一緒に出掛けていた。

このチビはミカンが好きで、丸ごと鼻先に置くと鼻で器用に皮をむき、美味しそうにミカンを食べる犬だった。

犬が猫を助けたのを目撃した私はとても嬉しかった。

チビ……グーね、ｂｅｅよ……お前は幸せ者ね。

愛猫との戦い

生後半年程になった黒白の雄猫ｂｅｅは、エネルギーが余り過ぎて、とても元気にスクスク育っていた。

何処に行くにもついて来る。飼い主がコロコロ変わったせいで、不安もあったのかもと振り返る事がある。

悪戯は日を追うごとに激しさを増し、テレビのコードがぷっつり噛み切られていたり、ぬいぐるみ等はズタボロになり、枕も形を留めていない。

夜が兎に角大変がエスカレートして行き、眠る事が困難に成りつつあった。

決まって夜中の一時頃になると、私のベッドの周りを縦横無尽に暴れ回る。

一度外に出してゆっくり睡眠しようと企んだが、一晩中窓の下で泣き叫ばれてしまい、眠れずに朝を迎えた。

外が駄目なら隣の部屋に閉じ込めてみた、最初は泣いていたが暫くすると静かになり、私は安心して久し振りにぐっすり眠った。

そして朝を迎え、隣の部屋を開けた私の目に飛び込んで来た光景は、想像を遥かに突き抜けていた。

開いた口が閉じない、後悔ピラミッドである。

部屋の面影はないに等しい（少し大げさです）。重ねてあった本は食いちぎられバラバラ、壁にはオシッコが至る所に流れている痕跡、猫の砂はバラまかれ、ウンチも至る所に散乱、足の踏み場もない惨劇となっていたのである。

壁も床も爪痕だらけ、壁紙もジャキジャキ垂れさがり、唖然としているとｂｅｅと目が合った、こちらに背を向け顔だけこちらを見ている。

その時は　ふんっ　という表情に見えたが、思い返すと悲しそうな目をしていた。

それ以来、私は諦めていつも一緒に過ごす事にした。

ある朝方、とても苦しい金縛りに合い声が出ない身体が動かない、物凄い恐怖の果てに目が覚めた。

胸の上にｂｅｅがしっかり乗っかり、お尻の穴が鼻先に見える。

原因はコヤツであったか～本物の金縛りでなくてよかった～と安心した。

愛猫との日々

私は閃いた、ピピッとね。

昼間コヤツは寝ている、半日位は眠りこけている、それが原因で夜に走り出すのだろう。

では昼間眠らせなければ良いではないかと思い付いた。

キャハハハ～妙案はスキップしながら私へ辿り着いた。

次の日は仕事が休み。

目覚めてから私はウキウキと楽しくて仕方がない。

どうやって連れ回そうか？　取り敢えず遊んでやる、棒に紐を付けて5分程で自分が飽きてしまった。

少しほっとくと直ぐさま丸くなり、眠る態勢を整えている、気持ち良さそうに目を細めて目をつぶった～～。

おもむろに抱き上げ可愛い、可愛いとナデナデしまくり高～い高～いしてあげてお散歩よ。

信じられない……（笑）という目をしている。

５月の空は露草色、牧草地はタンポポの黄色が絨毯の様に何処までも続く、太陽は真上に位置して雲は綺麗な白がふわりふわり、自然は幸せで満ちている。

足元の笹は雪の重みでまだ寝そべっているが、食べたくなりそうな若い葉が若竹色で敷き詰められている。

三角地点迄歩こうか？　30分程掛かるかな？　こんなに遠く迄来た事がないｂｅｅは、私にピッタリ張り付き見慣れない景色に目を丸くしている。

ｂｅｅの緊張は前足の爪を出して肩に捕まっている事から伝わって来る。

随分家から離れた。ｂｅｅを抱えているので腕を振れない。延々登りが続いている、三角地点には４メートル程の木で組まれたやぐらが建っていたが、今ではその残骸があるだけとなってしまった。

子供の頃、年に何度か来る測量士の人達について行き、色んな話を聞いた記憶が思い出される。

「ｂｅｅ、疲れたから、ホラ歩きなさい」

爪で捕まっているので中々離れない、なんとか引きはがして降ろした。

必死に私に付いて来るが、草や笹はｂｅｅにすると（まだまだ、あどけない身体である）壁の様な物なのだろう、よろめきながら歩いている。

私は早く三角地点に着きたいと思い早足になっていたようだ、後ろを振り返るとｂｅｅは10メートル程離れて、私を見ながら歩いている、周りを見ていないので、地面から育っている草達に行く手を阻まれとても苦戦していた。


桜が咲き始める頃には、コゴミが出る、次にワラビ、同じくしてウドがワンサカ出て来る。


帰り路、ｂｅｅはすかさず、私の背中に張り付き降りようとしない（笑）。

良く考えましたね、褒めてつかわす。

私もｂｅｅも、その日は疲れました。

久し振りに幸せな眠りの世界が、一人と一匹に訪れたのでした。

愛猫ｂｅｅよ・そして

実家には15歳位だったと思う雄の猫がいた、ポピーと言う名前で、とても穏やかな優しい性格をしていた。

白黒グレーのトラ縞の綺麗な猫、尻尾はｂｅｅとは正反対で、短いのがお情け程度についている。

私が連れてきたｂｅｅを可愛がってくれたのに。


ｂｅｅは成長した。

2歳を過ぎたあたりから、元々実家にいた雄猫のポピーを付け狙うようになっていた。ボス争いなのだろうと理解はしているが、ｂｅｅは言う事を聞かない。

ポピーは全く争いなどする事は考えてもいない様子でｂｅｅを避けて遠巻きにしていた。

私は2匹を近づけない様に、何時も見張っていなければならず……、ポピーをかばうとｂｅｅは、不思議な怒りともいえない悲しい様な目で私を見つめて来る。

動物の本能を押さえ付ける事の難しさが、日に日に押し寄せて来た。

それでも何とか月日は流れ、次の年の夏の終わりが巡って来たあるお昼過ぎ、道の真ん中にチョコンとポピーが、私を見つめている気配に気づいた。

「どうしたの？　ポピー」

近づいて撫でてあげる。

ポピーは満足したよう様に道なりにポコポコ歩いて見えなくなった。

2日間ポピーは帰って来なかった、そして帰って来る。

次は5日間、帰って来て暫くは普通に甘えて、そして、帰って来ない日にちが長くなる。

今回は2週間以上になる、ポピーの歩く姿や、もしや何かに襲われて、もう帰って来ないのかしらと沢山の事に思いを巡らす。

一か月振りにほんの少し痩せて帰って来た。

「なにやっていたのよ～」

帰って来たポピーを抱き上げ、心配していた事をクドクド説教する。

ポピーはそれから何日家にいたのか？　もう記憶にない。

秋晴れのとても良いお天気の16時頃、矢張り道の真ん中にポピーがチョコンと座り、私を見つめている。

「ポピー、又、行くの？」

声をかけるとポコポコ遠ざかり、又、チョコンと座りこちらを見ている。

何度もそんな事を繰り返して、ポピーは道なりに姿が見えなくなった。

その間私は駆け寄り、ポピーを捕まえて、もう出て行かないようにしようか!?　色々考えたが、閉じ込めない方が良いと思った。

又、暫くすると帰って来るだろう希望、帰って来て欲しい、もう帰って来ないのだろう感じ、理解したくない感覚が寂しい。

それが、ポピーを見た最後となった。


ポピーは私に最後の挨拶をして行ったのだろう。

愛猫ｂｅｅと2匹の子猫

「道の真ん中に子猫が２匹いるから連れて来るなよ」

車から降りた父は私の顔を見るなり釘を刺しに来た。

「何処にいるの？」

「この道を登り切った所にいるから連れて来るなよ」

「わかった」

聞いたからには気になる、食べ物を持ち父が見ていない事を確認して私は歩きだした。

いた～。道の真ん中に2匹くっついて錆び猫が、12～3センチ程の石ころに見える、誰かが捨てていったんだわ、生まれて一か月ほど、大きな四つの瞳がピクとも動かずに私を見つめて来る。

車にまたがれて怖かっただろうに、小さなウンチは昆虫の羽ばかり、捨てられてから随分日にちが経っている事が見てとれる。

周りに段ボールらしき物は見当たらない、連れて来てそのまま捨てて行った事が分かる。

食べ物を与えるとぎこちなく食べ始めた。

父から釘を刺されたからには、今連れて帰る訳にはいかない、暫くは良いお天気が続く筈、夏なので夜の寒さはしのげるだろうとグルグル思い巡らす。

段ボールを持って来て分からない様に草の茂みにフカフカの敷物を入れて、撫でると気持ち良さそうにするが、2匹は私の手にすがりつき登って来る。

とても軽い、新聞紙より軽い、捨てられてから相当日にちが経っている事が分かる。

2週間程食べ物を運んだが台風が来る予報に連れて帰る決断をした、父に見つからなければ良い、悪知恵はこの時の為のもの、しこたま脳みそを働かせて、父がいない時間帯を狙って実行された。


愛猫ｂｅｅの前に置くとｂｅｅは目を丸くしながら、まず匂いを隈なく嗅ぎまわり、終わるとそそくさと寝床に行き眠ろうとしているのでひと安心した。

すると、子猫達はｂｅｅのお腹に行き、お乳を飲む仕草でｂｅｅのお腹をモミモミ、お腹の毛をチュウチュウ吸いだしたが、ｂｅｅは嫌がりもしないで見つめているのでホッと胸を撫で下ろした。


目を離すとこの2匹は自分たちのウンチを食べる、捨てられてお腹が空いて食べていたのだろうが叱り付けて、口から取り上げる事一か月程、まだ誰にも見つからず、特に父には見つかっていなかった。

部屋から出る時は聞き耳を立てて、入る時は辺りをうかがい、何かをする時は皆が寝静まった時を見極め……う〜ん、忍者並みだわ〜（笑）。


誰にも知られていないとばかり思い込んでいた。

今思い返すと子猫を連れて来た事など、既に知られていたのかも知れない、道の真ん中からある日子猫が居なくなったのだから、いつも使う道をすっかり忘れて行動していた、それとも運悪く狐やタヌキに捕食されたとも思っていたか……父は他界して事の真意を聞く事はもう出来ない。


なにはともあれ、ｂｅｅと子猫は仲良く元気だわ。

愛猫ｂｅｅ・オイとコラ

雄と雌の2匹の子猫に名前を付けた。

……だが、その名前を呼んでも知らんぷり、見向きもピクともしない、原因はウンチを食べるので、いつも「オイ、コラ」と、四六時中叱り続けていたのが原因だった。

結局、正式に考え抜いた可愛いお名前は、今では全く思い出せない、そして雌猫はコラという名前が定着、雄猫の名前はオイになってしまった。

父から全く見つからずに隠密活動は2か月が過ぎようとしていたある午前11時頃と記憶している、だったかな〜。

気づかれない要因は、この2匹は鳴き声を全く出さないのが功を奏していた。

そして私は気が緩む、油断、脳みそがダラ〜と垂れてしまったのだろうと思う。

猫は本来鳴く事をしないという、子猫が鳴く時は親のお乳が欲しい時という、親に甘えて鳴く、飼猫が鳴くのはご主人に甘えているから声を発すると動物の専門家が話していた。

その話は最近……？　10年……随分経ってから知る事となる。


ある日。

私の部屋の引き戸がほんの僅か……開いていた、そこからチョコンと2匹の頭が縦に積み重なり、外を眺めていたらしい、父が第一発見者、さぞや驚いた事だろう、今思うと笑ってしまうが、怒鳴りまくられた記憶を少し覚えている位で、コチトラもう既に腹はアグラをかき、とぐろをまいていた。

そんな私の態度を見た父は流石に捨てて来いとは言わなかった。

シメシメと思ったわ〜、ヒッヒッヒッ〜。


一番可愛い盛り、雄猫のオイは婿入りが決まったが、やはり雌猫のコラは嫁入り出来ずに（笑）、後にｂｅｅのお嫁さんになった。

晴れてこの２匹は自由に、広い我が実家の敷地の中を走り回れる様になり、可愛い盛りもあり皆からナデナデして貰い成長して行く、ｂｅｅはこの２匹のお守り役として目を光らしていた。

オイが貰われて行ったお家は商店を営んでおり、ある日通り掛かると……もうオイではなく新しい名前になっていたが、そのお店の陰干しの魚にぶら下がっている姿を目撃した。

今の様にスマホの写メがあると記念映像が残せたのに〜残念〜、映像は私の脳みその中にしっかりと鮮明に刻まれているだけとなってしまった。

愛猫ｂｅｅが介護……!!

月日は早い。

コラの出産が初まった。

苦しみ出してから半日が過ぎようとしている、ｂｅｅは付きっ切りでコラに寄り添い、コラの身体のアチコチを舐めている。

雄猫がこんなにも真剣にお産に立ち合い、心配そうにしている事に私は驚きを持って見つめていた。

コラが一際大きな声、叫びに近い、ｂｅｅはコラの頭を舐める、一匹目が生まれた、すかさずｂｅｅは生まれた子猫の方へ行く、私は息を呑んだ、何をするのだろう、まさか殺す？　という行動を想像してしまった。

そんな連想は次の瞬間消え失せた、ｂｅｅとコラで赤ちゃんを舐めている、ｂｅｅの行動に驚いた私の心の瞳は、大きく広げられ瞬きしていなかった。

お産は次の日迄かかり、３匹の赤ちゃんが生まれていた。

２匹で甲斐甲斐しく赤ちゃんの世話をしている。

コラもｂｅｅも２日間何も食べていない、水を変えて新しい食べ物を用意した。

汚れた敷物を新しくする為に子猫を持ち上げると、２匹して私の手を舐める。

連れて行かないで……という必死の不安がｂｅｅとコラから伝わって来た。

「大丈夫よ、敷物汚れているから新しい物に取り換えるだけよ」

言葉を理解しているのだろうか？　なんて考える事もあるが、私は普通に人と話す様に動物と話している。

理解していようがいまいが関係ない、そこに心があるから話す（笑）。誰も見ていない時だけ。


一週間程して、コラが外に出たいという仕草をするので外に出した。

夕方になっても帰って来ない、子猫達はｂｅｅのお腹の中でスヤスヤ眠っている、嘘でしょ〜、母猫が未だ目も開かない子猫を雄猫に預けたまま何時間もいない、雄猫のｂｅｅが母猫の様にしている……私は驚きと複雑な心境だったわ〜。

夜遅くにコラが帰って来て引き戸の所で入れて欲しいと鳴いた。

「今ご帰還ですか！　今まで何していたの？　赤ちゃんがお腹空かして待っているのよ、ｂｅｅはおっぱい出ないんだからね」

文句を言いながら開けると飛び込んで来た、ｂｅｅとコラはお互いの頭を舐め合い交代する、子猫達は一際大きな声で甘えて鳴き、お乳を物凄い勢いで飲んでいる。

取り敢えず安心。

コラは普通に一日位姿を消し、その間ｂｅｅは子守り役、私は少し複雑な心境を抱えて過ごす事となってしまった……う～ん（笑）

愛猫ｂｅｅ!!　コラがね～


まだ子猫の頭は大きくバランスが悪く見えてしまう、頭を持ち上げる仕草は……福島の赤べこ、首をコクコク振る、赤べこの頭の動きとそっくりに見えて仕方がない。目が少し開いて来た、乳白色の瞳、光と影に反応して頭を動かす、毛がモフモフお腹パンパン可愛い、目に入れても痛くない……嫌、入れたら絶対に痛い、何故その様な言葉を思いついたのか？（笑）素晴らしいまさにその通り。

ｂｅｅは朝早くからいない、コラは私の動きを見ている、何か魂胆がある様に思うが、気付いていない振りをする。

コーヒーを入れて本を読む、座った私の膝の上に一匹の子猫を口にくわえて運んで来た!!

呆気にとられた。

見ているとそそくさと残りの2匹も私の膝の上に乗せて出口の方へ行く!!「私はあんたの子供のお守り役かい!」と文句を言った途端、意地悪がやって来た。

出て行きたい行動に気づかない振りをする、引き戸と私を行ったり来たり、私は本を読む。

コラは引き戸を見上げている、私を見る、放心しているのかな~、目の端でその仕草を気づかれない様にうかがっていると目の前に来た。

本を読んでいる振りをしてコラの次の手段はなにかしらね~……私の心は意地悪ニタニタ、するとコラは広げている本を両前足で引っ張り一際大きな声を出した。

「はいはい、わかりましたよ、早く帰ってきなさいね」

外に出たコラの後ろ姿は、ようやく子供から解放されてウキウキ感漂う、私は雌猫の育児は初体験、こんなものなのかしら? と思った。

目に入れても痛くない程の3匹の子猫達は外を飛び回り、我が実家は酪農を営んでいた事もあり、業者や来客も頻繁に訪れていた。

そして、この子猫達は来客様達に甘えて人懐こい、その可愛らしさに次から次へと嫁ぎ先、婿入りが決まり、新しい住家へと旅立っていく事となった。

beeとコラの2回目の子供達2匹が生まれた、そして2週間程経ったある日から、母猫のコラが帰って来ない。

beeに話しかけた。

「bee、コラは何処へ行ったの？　探して連れて来なさい、お腹空かして鳴いているよ」

beeに話しかけると、ジーと私の目を見つめて来る。

「僕も分からないよ、どうしよう、何処にもいないんだよ」

beeはこの様に、私に言っているのではないかと想像した。

beeと私は5日程待って、待った。

考えたくはなかったが、狐か何かに襲われて……もう命はないのだろうと言う結論を導き出すしかなかった。

それから私の悪戦苦闘が初まった。

此処は僻地、都会と言われる地域ならあったのだろうが、私の地域にはペットショップ等なかった筈、出来たのはこの時から20年以上も後になってからだったと振り返る。

子猫達の口は小さい、どうする？　思い付いた、閃いた。

お弁当に入れる醤油さし、お魚の形で可愛い容器で赤い蓋の容器で、３時間置きにミルクを飲ませた、牛さんのお乳だったが大丈夫だった。

お尻をマッサージ……オシッコはするがウンチが出ない、何故何故?? どうして!? 思い悩んでしまった。

（笑）（笑）後にミルクの量が少な過ぎた事が原因でウンチが出なかった事が判明。

まだ目が開いていない子猫達の世話は寝不足になり、母は諦めた方がいいと言う始末。

ミルクを与える時の子猫の温かさ重さ、２匹重なり合ってスヤスヤ眠り、時折思い出したかの様に頭を持ち上げ、自分達の母親を呼ぶ、呼んでも来てくれない事を知り、又眠りに付く。

一か月が過ぎた、目は大きく開かれて可愛い身体が跳ね回る、夜は2匹で私の首の所で眠っている。

そんな、ある日、ヒヨッコリ!! 母猫のコラが帰って来た。

そして子供達を呼び、代わる代わる舐めて……驚いた、子猫達は今まで見た事がない程に喜び、母猫に甘えている。

私の今迄の苦労は？ 寝不足は？ とても複雑な心境を味わうが、ｂｅｅも喜んでいる……子猫達はもう出ないお乳に吸い付いて幸せそうだわ。

それは7月の半ば、花は咲き乱れ、虫達が飛び回り緑ワンサカ、牛達は放牧され青草の上に寝そべっている、１８０度の青空の下、時折風向きは家畜の匂いを運んで来る、私はアカダモ（ニレの木）に、蟻が登ったり下りたりしている様子を見つめていた。

おわり

私の桃太郎

桃太郎は落ち着きませんでした。

これから鬼退治、気持ちは既に鬼ヶ島に行っていました。

そして、意気揚々と船に乗り込んだのでした。

サアー　鬼ヶ島に行くぞー
乗って暫くしてからおかしい事に気づきました。

犬、サル、キジを連れて来た筈だったのですが全然違うのです。

一緒にいるのは、タヌキ、ネズミ、ニワトリだったのです。

タヌキはあっち向いてホイ、ネズミはチョロチョロ動き回り何処かへ行ってしまいました。

仕方がないのでニワトリに話しかけてみました。

すると、急に近づいて来て桃太郎を突っ突き回すのです。

これには桃太郎はとても痛くて仕方がありません、あっちに行けと追い払うしかありませんでした。

焦り過ぎてしまった桃太郎、鬼退治は波乱の幕開けとなりました。

桃太郎達は鬼ヶ島に着きました。


いつの間にか、タヌキ、ネズミ、ニワトリが桃太郎の後ろにピタッと一列になって並んでいるではありませんか。

僕はどうして慌てん坊なのだろうと落ち込んでいた心が嘘の様に晴れ渡りました。

でもキビダンゴは一つしかありません。

慌てて持つのを忘れてしまったのです。

するといつの間にか赤鬼が現れて「おはようございます」と笑顔で挨拶して来るではありませんか、これには驚いてしまいました。

そして、赤鬼が笑うと可愛いな〜と思いました。

「何か大事な用事があったのですか？」と赤鬼が言いました。

桃太郎は鬼退治に来た等とは言えません、口をもごもごしておりましたらニワトリが朝の挨拶。

コケッコッコー　コケッコッコー

長〜〜〜く、何処までも響き渡る美しい挨拶をしてくれました。

これには赤鬼も聞き惚れたようです。

ニワトリの美しい挨拶でこの島の鬼達が大勢集まって来てしまいました。

桃太郎は鳩に豆鉄砲と申しましょうか、そんな顔をしていた事でしょう。

チリチリ頭の赤鬼、青鬼、黄色鬼、色んな色の鬼の子供達は可愛らしく、赤鬼の目は赤く、青鬼の目は青く、黄色鬼の目は黄色。瞳が澄み渡っております。

その鬼の子供の中に元気がない子供がおりました。

すると、慌てた様子でネズミが近寄って行きます。

ネズミは元気がない鬼の子供の足先に両手を置き、大急ぎで山の方へ走り込んで行ってしまいました。

戻って来たネズミの口には、見た事もない何かの新芽がくわえられています。

ネズミはそれを鬼の子供の足に乗せました、すると驚く事にその新芽は鬼の子供の足の中に吸い込まれて行ったではありませんか!?

現代語で言うなら、エーッうっそー信じられない。

桃太郎もですが大勢の鬼さん達も目をまあ～るくして見つめていました。

すると鬼の子供の顔色は赤黒かったのですが、とても綺麗なピンク色になり元気になったのです。

実はその鬼の子供の足の裏に毒の物が傷をつけて、後少しで命が亡くなる所だったようです。

その様子を見ていた鬼達は大変喜び、朝の宴に是非是非来てくださいとなりましたので、桃太郎達は快く招待される事にしました。

桃太郎はふと気になりタヌキ、ネズミ、ニワトリを見てみますと、皆テンデンバラバラな方を向いておりますが、なんとなく嬉しそうな心が見えた様に感じましたので一安心しました。

朝の宴に行ってみますと、見た事もないご馳走が山の様に並べられております。

とっても香ばしく美味しそうです、桃太郎は自然とよだれが落ちてしまいました。

慌ててタヌキ、ネズミ、ニワトリを見てみますとよだれは出していませんでしたが、その瞳は見開かれご馳走をジーと見つめております。

キビダンゴを忘れて昨日の夕方から何も食べていなかったタヌキ、ネズミ、ニワトリは桃太郎もですが、ご馳走の山に今にも襲いかかってもおかしくない位お腹を空かしていました。

鬼達に勧められた美味しいご馳走を全部平らげた桃太郎達、鬼の奥さん達は、

「こんなに美味しく食べてもらえてとても幸せだわ」

ととても喜んで嬉しそうに言いました。


お腹が一杯になった桃太郎は和やかなテーブルの向こうに目が行きました。

一人の痩せた青鬼が檻に入れられて向こうを向いてうずくまっております。

どうした事かと聞いてみますと、いつも海を歩いて人間の住む村に行くので仕方なく檻に入れているとの事でした。

理由を幾ら聞いても言わないのです、食べ物も食べずにドンドン痩せて行くばかりで、人間の住む村で何か悪い物でも食べているのではないかと鬼達は口々に言います。

鬼達はホトホト困り果て、仕方がないのでもう人間の近くへ行けない様にああして

檻の中に閉じ込めるしかないと困り果てております。

するとタヌキが桃太郎の手に頭を擦り付けて来ました、その途端タヌキの声が聞こえて来ましたので驚きました。

僕があの青鬼に触ると謎が解けると思うよと言います。

桃太郎とタヌキは早速痩せた青鬼の檻に近付きますと、身体の小さなタヌキはスルリと檻の中に入って行きました。

檻から出て来たタヌキは早速桃太郎に身体を擦りつけて言いました。

「あの青鬼さんは人間の娘さんが好きになり、いつも逢いに行っていたそうです、その娘さんも青鬼さんの事が大好きでいるみたいです」

その事を鬼さん達に報告しましたら、その場は騒然ワイワイ、ガヤガヤ、あーだ、こーだ、その内に大騒動が始まりそうな雰囲気です。

話し合いは三日三晩続きました。

話し合いの間は食べ物が全く出ません、桃太郎達は一枚のキビダンゴを少しずつ分けて飢えをしのぐしかありませんでした。

話し合いの結果その娘さんだけが鬼ヶ島に来てくれるなら、青鬼さんと一緒になってもいいと言う事になりました。

この話を聞いた青鬼さんは嬉しさのあまり飛び上がり、檻の天井が物の見事にバラバラになって、何処かに飛んで行ってしまいました。

桃太郎達はこれで鬼さん達を困らせていた問題が解決して、またお腹一杯になる美味しいご馳走が出てくると楽しみにしておりました。

が、そこは鬼ヶ島の鬼さん達、一か月食べ物を食べなくても平気な事を桃太郎達は知りませんでした。

タヌキ、ニワトリ、ネズミさん達は力なく桃太郎に寄りかかっております、桃太郎のお腹はグーグー鳴りっぱなしでとても響いて聞こえるのですが、鬼さん達には聞こえていない様です。

桃太郎達はお腹が空いて途方にくれていると、鬼さん達の中で一番偉い、周りの鬼さん達よりも二倍も大きくとても怖そうで目はランランと輝き、声は雷の如くに響き渡っている赤鬼さんが桃太郎達の前に膝をついて言いました。

赤鬼さんが言うには、

「我々ではあちらの親御様には、挨拶など出来る筈もない、姿形を見ただけで何処にも人がいなくなる、逃げ足は我々より速い、蜘蛛の子散らすように見えなくなる。人間様は桃太郎殿しかいないと言う結論になり、桃太郎殿が人間の親御様にお願いして頂きたい、この通りお願いします」

百人位の色鮮やかな鬼達が一斉に膝をつき、頭を地面につけてお願いをされてしまったのです。

桃太郎の頭の中は真っ白、嫌だ、嫌だ、する訳にもいきません、快く仕方なく笑顔で、

「わかりました」と言うしかありませんでした。

ふと気が付くと、タヌキもネズミもニワトリさえも、何処にも見当たりません、つくづく犬、サル、キジが～と思いましたが…考えない事にしました。

鬼のお嫁さんになると言う事は口がさけても言える筈がなく、娘さんの親御様は大事な我が娘の嫁ぎ先と相手を見ていないのに娘を嫁がせる訳にはいかないと一歩も引きません。

娘さんの親御様との話し合いは難航の極みで押したり引いたりしていました。

どうしても駄目な時にだけ親御様に食べて貰いなさいと手渡された物を思い出しました。

桃太郎は言いました。

「お嫁に欲しいと言う方の親御様が娘さんの親御様に、是非食べて頂きたいという素晴らしく美味しいお菓子をお持ちしました、一口お父様お母様同時に口に入れて食べてみて下さいとの事なのです」

その甘い食べ物は一切の不安を取り除き大切な娘さんの幸せな未来を見せる物でした。

そして少しずつ大切な娘さんがいた事を忘れて行くものだったのです。

桃太郎達は鬼ヶ島を離れる日が来ました。

桃太郎は海の上を歩ける様になり、タヌキは夫婦喧嘩に貢献するので、是非是非鬼ヶ島に留まって欲しい、ネズミは鬼ヶ島にはお医者様が居ないので、留まって頂けると本当に助かりますと言うではありませんか。

ニワトリ様の朝の歌声には聞きほれてしまいます、鬼ヶ島は光の中に居るような幸せに包まれました、ニワトリ様がお嫌でなければ我が鬼ヶ島に朝の幸せをと申します。

タヌキ、ネズミ、ニワトリはまんざらでも無い様子、二匹と一羽の意思を尊重する事にしました。

桃太郎は優しいお爺さんとお婆さんの所へようやく帰れます。

木の実を手の平に、千年万年両手を広げて心地良い風を起こし、やすらぎの香りで幸せを運んで来る、桃太郎お前様の幸せの香りも鬼ヶ島まで伝えてくれる丈夫で優しい木になるからと木の種を手渡されました。

そして、沢山の美味しそうなお菓子も貰いました。

このお菓子は鬼が全く見えなくなるお菓子でした、食べた人達はこの世でこんなにも美味しい物があるとは信じられないと、とろける様な笑顔をします。

このお菓子を桃太郎は口にするのを一生懸命我慢をして食べませんでしたが全ての人が食べましたので、その末裔の私達は鬼が見えなくなったのです。

青鬼と娘さんは幸せに暮らし、桃太郎は時折海を歩いて来る鬼さん達に気づかない振りをして幸せに暮らしました。

おわり

ミダスの結婚　（良い癖？　悪い癖？）

ある村の、ある夫婦に待ちわびていた子供が授かりました。

それは、それは天に行き着く程の喜びようでした。

元気なプリプリの可愛い男の子が家族に加わり泣くのも可愛い、眠っている顔は天使の様、そして妻の声は赤ちゃんが目覚めた事を知らせてくれました。

可愛い赤ちゃんに話しかける妻の声に父親は仕事を放り出して子供の所へ飛んで来るのでした。

男の子はミダスと言う名前を授けられ、グレーのお目々に薄茶色の少しレモン色が多いフワフワな髪の毛、肌の色は白く透き通る様で、柔らかな頬はほんのりピンク色の可愛い赤ちゃんはいつもニコニコ笑っています。

そんなある日の事、可愛いミダスがキィーキィと今迄聞いた事もない声で泣いているではありませんか。

大変驚いたお母さんは人参を持ったまま、お父さんは家具職人でしたのでカナズチを手に握りしめて赤ちゃんのベッドに駆け付けました。

ミダスはスヤスヤと天使の様に眠っています。

泣き声はネズミでした。

可愛いミダスは小さなお手てでネズミをギュッと握り絞めて、とても嬉しそうに眠っております。

腰を抜かす程におお慌てで駆けつけた夫婦は、聞きなれない声がネズミでしたのでホッと胸を撫で下ろして一安心しました。


「私の可愛い坊やはとても力持ちなのね」

と言いながらお母さんはミダスを抱き上げました。

「そうだね、大きくなったら力持ちでたくましい青年になるだろうね、今から楽しみで仕方がないよ」

お父さんの顔は筋肉が全部ずり落ちた様にみえます。

「お母さん、どうしたんだね？　さっきから黙ってしまって、それに顔が真っ青になっているよ」

「貴方、どうしましょう、ミダスが変なのよ、とても硬くて石の様なのよ、どうしましょう」

「石!?　そんな事がある筈が……」

ミダスはスヤスヤ先程と同じ顔をして寝ています、どう見ても可笑しな所などありません。

不思議に思いながらミダスを抱きかかえて妻の言っている事が分かりました。

夫婦は驚きと悲しみが入り混じった様になり青ざめてしまいました。

身体は本当に石の様に硬くなって、手からネズミを取ろうとしてもミダスの指は一ミリも動かないのです。

大急ぎでお医者様に診てもらいましたが、首を傾げるばかりです。

ネズミはキィーキィーと泣き叫んでおります。

「こんな症状は私も初めてだよー、う～ん、心臓はきちんと動いているし呼吸もしっかりしている、生きている事は確かなんだがね～、それにしても硬いな～肌を押してもピクとも動かないなんて信じられんよ」

「なんとかなりませんか？　ミダスはこのまま死んでしまうのですか？」

夫婦はお医者様なら必ず、絶対にこんな変な病気など治してミダスは以前の様に元気になるとばかり思っていましたから、大層ガッカリしてとても悲しみました。

「う〜ん、心臓は元気に働いているから死んだりはしない筈だと思うがね〜」

母親は硬くなってしまったミダスを抱き閉めてシクシク泣き出してしまいました。

「私の可愛い坊や、どうしたらいいの？」


それから夫婦は沢山のお医者様を尋ね歩きましたが、お医者様は皆目をパチクリ、首を傾げるばかりです。

ネズミは握り閉められたまま、恐ろしくて生きた心地がしなかった事でしょう。

夫婦は片時もミダスから離れずに見守る事しか出来ませんでした。

途方にくれていた夫婦の目の前のミダスは、何事もなかったかの様に目を開き泣き出しました。

きっかり72時間でした。抱き上げると元の通りに通りに身体は柔らかく、涙も出ていて、お腹が空いたと泣いています。

夫婦は抱き合い涙を流して喜びました。

そしてネズミは、カゴの中で長い事この家族の一員となったのです。


いつもニコニコと村の人達から可愛がられて、ミダスはスクスクと成長しました、そして村の学校へ通う様になりました。


「大きくなったねーミダス、学校は楽しいかい？」

「うん、楽しい一日中学校にいたいな～、友達も沢山出来たよ」

「そうかそうか、それは良かったな、ワシの奥さんが作った美味しいお菓子があるぞ、ミダスの好きなイチゴのジュースもあるんだがなー、どうする？」

「イチゴのジュースがあるの？　どうしようかな～」

悪戯っぽい目をして笑っているミダスの背中をポンポン叩きながら、学校と家の丁度中間に位置しているお家のお爺さんは、ニコニコしながらミダスを家の中に招き入れました。

ミダスの悪い癖は、心惹かれた物が欲しくなってしまい、手に入れようとした事だったのです。

歩ける様になった頃のミダスは、花を掴んでは石になり、道端に落ちている木の小枝で石になったりしていたのでした。

村の人達は笑いながら、色んな所で石になっているミダスを大切に抱きかかえて、夫婦の元に連れて来てくれました。

そんなミダスの両親はとても悲しみ、物が見えなくなる眼鏡を用意しようか？　外
に出さない方がいいのではないかと、思案ばかりの毎日を送っていたのでした。

そんな心配ばかりしていた夫婦に村の人達は、
「私達はミダスから沢山の元気を貰っている、あの笑い顔を見ると幸せになれる、皆
で見守っているから安心して自由にしてあげなさい」

夫婦はそんな暖かい言葉をかけて貰い、村の人達にとても感謝をして喜びました。

ミダスはお嫁さんを迎える年頃になりました。

その頃には国中の人達が、ミダスの不思議な体と悪い癖を知る事となっておりまし

た。

ミダスは悪い癖以外はとてもほがらかで明るく、歌う事が好きで色んな楽器を弾いて、村中の人気者でした。

とても良い子供であり、明るい青年になりました。が、何故か年ごろの娘さん達には避けられてばかりなのです。

そんな事は仕方のない事、何が仕方ないのか深く考えていませんでした。

もうひとつ、不思議に思っている事がありました。

気が付くといつも家のベッドに何故寝ているのか？　それが全く分かりませんでしたが、明るい性格のなせる業なのでしょうか？　全く気に病む事をしませんでした。

ある日の事、ミダスは学校の事を思い出しました。

クラスの全員が先生の弾くピアノの周りに集まり、ピアノに合わせて歌い、とても楽しかった事が思い出されて仕方ないのです。

よし、ピアノを見に行こう。

窓越しに見えたピアノはとても高く、お金が沢山入り用でした。

とても高い、ミダスの持っているお金の倍以上もないと買えない事を知り、今日は見るだけにして帰る事にしました。

その帰り道に、大きなお家の前を通りかかった時の事でした、こちらに向かって慌てた様子の男が走って来て、ヒョイとミダスの前に出て来ました。

その男はミダスを見て大変驚いたのか、目を見張り身体が硬直した様に見えます、胸に抱えていたのはバッグからはみ出しているお金と、手にもお金が握りしめられているではありませんか。

ミダスはそのお金がとても欲しくなってしまいました。


きっちり72時間が経ちました。

ミダスは目が覚めました。

そしてとても驚きました。

周りには大勢の人達が心配そうにミダスを見つめており、見知らぬ男がミダスの前で息も絶え絶えにぐったりと項垂れています。

この男、ミダスにキッチリ72時間もの間締め付けられて、飲まず食わずでしたから可哀そうなものです。

何があったのか分からないで辺りを見回しているミダスに、町のお巡りさんが声を掛けて来ました。

「気がつきましたか？　君は色んな家を荒らしていた泥棒を捕まえてくれました、是非ともお礼をする為に目が覚めるのを待っていました」

ミダスはお金を盗まれた大きなお家の人からも感謝されて、お巡りさんからは表彰状と金貨3枚を貰いました。

ミダスの両親は涙を流して喜んでました。

そして初めて、自分がどうなっていて記憶がないのかを両親から詳しく聞き、驚くと同時に、今迄どれほど両親を心配させて来たのかと思い心から謝りました。

「ミダスが悪い訳ではないのよ、病気の様な、悪い癖というか良い癖だわね、悪い人を捕まえたもの、ねえ、そうでしょう？　お父さん」

「そうだな、これは良い癖だな」

それから暫くしてから、ミダスは心根が優しく美しいお嫁さんに恵まれました。
お礼にと貰った金貨3枚で、楽器や譜面や文房具を売るお店を開きました。
ミダスは自分が石にならない様に、心を制御する事を覚え、ミダスの奥さんはミダスが石になるかも知れないからと、いつもミダスの側で見守って、とても仲の良い夫婦になりました。

3人の女の子が生まれて、とても賑やかになり、お爺さん、お婆さん、それからミダスの家族5人合わせて7人の家族は、とても明るく外迄聞こえる笑い声で、とても幸せに暮らして行きました。

おわり

爺さんと呼ばれてサンタクロース

恐竜のTレックスはとても嬉しそうに大きくなったキノコを眺めていました。

するとお木の陰からお爺さんが歩いて来て不思議そうな目でTレックスとキノコを見比べています。

その事に気が付いたTレックスは不愉快になりお爺さんに言いました。

「うん!?　何見ているんだよ。なんか文句でもあるのか?」

「滅相もない、貴方様に逆らう事など」

「そうなのか?　爺さん」

「は～い」

「どうだ?　このキノコ俺が育てたんだぜ。凄いだろう」

「エーッ、肉ではなくてキノコですか～」

「悪いか」

「とても美味しそう」

「うまそう!?」

慌ててお爺さんは先程言った言葉が無かったかのように笑い、

「空耳です」とすかさず言いました。

「ありゃ～、貴方様のお子様ですか？」と話を逸らしました。

「爺さんよ～そんな訳ないだろう」

「ですね～」

「スヤスヤ寝息が聞こえているだろう、可愛いだろう」

「キノコの妖精だな」

「なんだ？　その妖精ってもんは」

「説明したくないけど」

「なんでだよ」

「あっ、いや、その～～……心が綺麗な持ち主の所に現れると言われております」

「ホー、そうか」

それから毎日お爺さんとTレックスのクロムはキノコの妖精を眺めて過ごしたある日の事。


「爺さんよ~なんか賑やかだな」

「爺さんではないです。サンタクロースさんです」

トナカイはムッとして恐竜のクロムに言いました。

「そんなに怒らないでくれよ、俺初めてなんだよクリスマスっていうものが」

「なんじゃ、お前さんクリスマスを知らんのか!?」

「悪いか!?」

「悪くないぞ……そうか~少し早いがクロムと皆のクリスマスパーティーを開こう、明日は楽器を奏でながら世界で一番歌が上手なワニさん達を呼び、森の皆を招待するんじゃ、明日は世界で一番楽しい日になるぞ」

そう言うとサンタクロースは楽しそうに帰って行きました。

続々と夜が明けた森から皆が集まって来ました。

Tレックスのクロムは好奇心一杯の目を見張り、重そうな楽器を持った4匹のワニさんを見てサンタクロースに言いました。

「なんか変な物持って歩いて来る？　邪魔だろうな」

「言われてみると余計な物に見えるな、わっはははは。でもなクロムよ、あれが楽器と言う物じゃ、美しい音が出るんじゃぞ、もう直ぐ小さなクリスマスコンサートが始まるぞ」

「このワニさん達は世界中のクリスマスソングを奏でられて歌う事が出来るのです」

トナカイはワクワクしながらクロムに言いました。

「ふ～ん」

その様子を見てサンタクロースはとても嬉しそうにTレックスのクロムに言いました。

「クロム初めてじゃろ。楽しめ。あとでご馳走も来る」

「俺ヤバイ泣きそう」


小さなクリスマスコンサートはとても楽しく終わり、沢山のトナカイさんとサンタクロースはふわりと大空へ舞い上がって行きました。

「クロムよ～クリスマスは楽しかったじゃろ～」

サンタクロースは雲の上から、下にいるTレックスのクロムに大きな声で言いました。

「爺さ～んありがとな～お礼に覚えた歌を歌うからな～」

～♪♪♪♪♪♪♪♪～～

クロムの歌声は!!!　大き過ぎました。

遠くのサンタさん達はふわりフラリ地面に落ちて行きます。

「あれっ、皆寝ている??　そうか～俺の歌声が気持ち良かったんだな、これがクリスマスちゅうもんか～」

クロムの大き過ぎる歌声で森の皆は気絶していたのです。

空の上も大変でした。

「おーい、トナカイ達よ～大丈夫か？」

「は～いビックリしましたね～」

「ハハハ、わしもじゃよ」

恐竜のクロムはとても楽しくなり、覚えたばかりの歌を又歌い出そうとしております。

歌う事が大好きになったクロムですが森の皆は慌ててスタコラサッサ、クロムから遠く離れて行きました。

そして世界中の鐘がクロムの歌声に合わせ？　響き渡りました。

おわり